目　次

第3章 現代社会と「偽りの自己」

第4章 現代のサブカルチャーにみられるナルシシズムと自我理想

凡　例

一、出典は文中の丸括弧内に資料名と頁数を記し、詳細な書誌は巻末の参考資料表にまとめた。

一、村上春樹作品のうち『村上春樹全作品 1979〜1989』、『村上春樹全作品 1990〜2000』に収録されているものを使用した場合は、作品名の後に〔全作品〕と付した上で『全作品』の頁数を記した（例：（『ねじまき鳥クロニクル』第3部〔全作品〕五九頁））。各作品の収録巻に関しては、巻末の参考資料表を参照。

一、アニメ作品の引用は、著者の書き起こしによる。

一、『魔法少女まどか☆マギカ』の引用については、『魔法少女まどか☆マギカ The Beginning Story』所収のシナリオを参考に、漢字や句読点を修正した。

一、引用内の圏点は、断りのない限り原文通りである。

はじめに

ナルシシズムの時代

この本のテーマは、現代の文学やアニメなどにみられるナルシシズム（自己愛）がもつ力である。日本語で「自己愛」というとこれから説明するナルシシズムを指すこともあるし、セルフ・ラブ（自分を愛し、肯定すること）という比較的広い意味にもなるが、この本ではわかりやすいように、自己愛とナルシシズムの両方を使おうと思う。

現代は自己愛の目立つ時代であるといわれる。完璧な自分を演出しようとするあまり、否定されることを恐れて過剰に自分を飾り、失敗すると容易に心が折れる人が増えてきた。インターネットとＳＮＳの発達によってプライベートを直に世界につなげられるようになったことが、こうした傾向に拍車をかけている。こうしたいわゆるナルシシズムは、現実から目をそらす幼稚さと結びついており、一般にナルシシズムという言葉は必ずしもいい意味で使われるものではない。

一方、精神分析では、幼児の発達の一段階や、成人のパーソナリティの主に病的な特徴として、ナルシシズムという用語を使う。フロイトは大人の自己愛者を、本来相手に向けるはずの欲望を自分に向ける病的な人物とみなし、また幼児期には正常なプロセスとしてナルシシズムの段階があるとした。フロイトの精神分析から自己心理学というナルシシズムの治療理論を生み出したコフートは、フロイトとは逆に、自分を愛せないが故に幼児期の誇大な自己愛に成長後もしがみつくのが、自己愛の障害だと考えた。

この本でいうナルシシズムは、フランスの文学理論家・精神分析家であるジュリア・クリステヴァの「空虚の覆い」というナルシシズム論を参照したもので、わかりやすく区別するために、この本では「真の」とか「本来の」ナルシシズムと呼ぶこともある。クリステヴァに従えば、ナルシシズムは本来、心の深い部分にある空虚感の支えとなる重要なものなのである。そういったものが、現代の文学やアニメなどにもみられる。そうした作品は、喪失感などと向き合う力を与えることで、我々の生きる現実を刷新する潜在力があると私は考えていて、そのことをこの本では伝えたい。

オブジェとオートマティズム

こうした点を考えるために、この本では二十世紀前半の芸術運動であるシュルレアリスム

（超現実主義）から取った、「オブジェ」と「オートマティズム」という二つの言葉を使いたいと思う。シュルレアリスムはフロイトの無意識の理論、特に睡眠時の夢と心の深い部分にある無意識とのつながりに着目し、夢のような表現を通して無意識を現実につなげようとした。この本で使う「オブジェ」と「オートマティズム」は、シュルレアリスムの重要な用語で、心の深層の表現について考える際に役立つものである。

オブジェは「物」という意味で、シュルレアリスムでは現実の物体を使って無意識を表現する作品のことだが、この本では心の深い部分にある空虚感・喪失感などとつながる事物やキャラクターを、オブジェと呼ぶ。

例えば、梨木香歩『裏庭』には、一見何の変哲もない地味な服だが、着ている人の怒りや傷つきなどに応じて、鎧になったり血を流す傷ができたりと形を変えていく、不思議な服が出てくる。それを着た主人公は信頼を裏切られた怒りで仲間だった人物に剣を振るうが、鎧に変化した服のせいで途中でやめることができない。相手を殺してしまった主人公は、喪失感と空虚感のただ中に取り残される。こうした服のようなアイテムは、物語を通して挫折したり成長したりする人物の内面を具現化して表すという特別な位置づけを作中で与えられており、こうしたものをオブジェと呼ぶのである。

また、村上春樹『ねじまき鳥クロニクル』には、主人公が自分の心とつながる異空間に行くための通路となる井戸が描かれる。井戸は空き家の裏にある涸れ井戸で、その暗闇の中で主人公は無意識の領域に引き込まれていく。やがて井戸の壁を抜けて異空間に行くのだが、そこにはいなくなった妻であると後で判明する女性がいる。この井戸も、主人公を無意識と結びつけるオブジェである。

村上春樹作品にはほかにも、『世界の終りとハードボイルド・ワンダーランド』で完全な街と不完全な外の世界を分ける「完全な壁」や、街に住む人の心の残滓が溜まっている一角獣の頭骨、『羊をめぐる冒険』で主人公と旅をする女性の、あり得ないような美しさをもつ「完壁な耳」など、単なる物体ではない、この本のテーマであるナルシシズムと関係する特徴をもった事物が多くみられる。こうしたものをオブジェと呼んで、その無意識との関連を考えていくのである。

キャラクターだと、『世界の終りとハードボイルド・ワンダーランド』に出てくる、切り離されて主人公の記憶をもったまま実体化し、主人公に様々なアドバイスを与える影や、小野不由美『月の影　影の海』で、心を読む力を使って主人公の陽子のネガティブな感情を煽る蒼猿《あおざる》という妖魔などが、それに当たる。キャラクターとしてのオブジェは、精神分析で「好き」や

「嫌い」などの感情を向ける相手のことを「対象」(オブジェクト)と呼ぶのとも微妙に重なる表現である。

オートマティズムは、無意識を直接表現するための「自動筆記」という技法のことだが、この本では作中で登場人物の意図を越えてオートマティックに出来事が進むような、無意識や偶然性の表現という広い意味で使う。

例えば、村上春樹『ダンス・ダンス・ダンス』では、主人公は関心をもったホテルの受付嬢を食事に誘うが、スイミング・スクールを理由に断られる。その結果、嫉妬からスイミング・スクールのインストラクター、エジプトのファラオ、ハリウッド俳優、羊の皮をかぶった予言者などが入り乱れる次々に続く連想の波に飲まれたあげく、カウンセラーのように自分の話を聞いてくれる羊男というキャラクターのいる異空間に入り込む。フロイトの精神分析では寝椅子に横になった患者が、自分の考えを何でもすべて話すという「自由連想法」が治療に使われるが、この例でもそうした自動性に押し流されて、我知らず心の領域の扉が開くのである。

梨木香歩『沼地のある森を抜けて』では、代々伝わるぬか床の謎を追ってとある島に行く主人公の久美《くみ》は、ぬか漬けに含まれた特殊な酵母菌を取り込んだ影響で、何億年も続いてきた生命の力に突き動かされるようにして、同行者の風野《かざの》さんという男性と結ばれる。ここでも作者が意図的に、主人公が自分の意思を越えて動かされる状態を描写している。

この本では無意識的オートマティズムという表現をしばしば使うが、オートマティズムが無意識から発する運動であることを強調するための言い方である。その反対の意識的オートマティズムというものがあるわけではない。ただし、作家が意識して無意識のオートマティズムを作中で描いたり、あるいは結末を決めずにストーリーを書いていくように創作において活用したりすることは、往々にしてある。

現代小説・アニメなどと全能感

一九八〇〜九〇年代頃から、村上春樹の作品をはじめ、主人公たちの傷ついた自己愛と、異世界を舞台にしたそこからの回復を描いた小説が、多くみられるようになった。そこにはナルシシズムの表現が数多くみられ、喪失感を受容することが主人公たちの精神的安定につながるというパターンが、繰り返し確認できる。また、いわゆるナルシシズムのもつネガティブな面も大きなテーマとなっていて、傷つけられた自己愛の問題をもつキャラクターや、同調を強いる「空気」などとして多くの作家によって取り上げられている。

現代のアニメやマンガ、さらにはライトノベルなどの現代の若者に人気のジャンルでは、登場人物、特に主人公が並外れた能力をもっていて、ライバルや敵を圧倒するというストーリーに人気がある。こうした全能感（万能感ともいう）もまた精神分析と関係がある。

精神分析でいう全能感とは、母親に世話をされて願望が満たされている幼児のもつ、世界と自分が一体であり、望むことはすべて実現するという錯覚のことである。それは心の発達とともに適正な現実認識に場を譲るとされるが、そのような健全な心の発達のためには、むしろ全能感が満たされる体験が重要だともされている。こうした全能感はナルシシズムの一部であり、いわゆるナルシシズムにももちろんみられるし、本来のナルシシズムの要素でもある。本来のナルシシズムが空虚感を保持できるのも、第1章で詳述するように、全能感を与える対象を心に取り込んだおかげだからである。全能感はそのまま残っても困るが、欠けていても困る、微妙なポジションにある。

先ほど述べたような現代のアニメやマンガなどの表現は、全能感の肯定というナルシシズム的必要の表現として、さらにはそれを乗り越える試み（やその失敗）として、考えることができる。そうしたジャンルにはまりこむ若者たちは、ナルシシズム的な満足を含む形での社会性の萌芽を夢見ているのかもしれない。そのような観点から、作品にみられる表現を深掘りしていきたい。

この本の構成

この本の構成は以下のようになっている。

まず第1章では、「空虚の覆い」というクリステヴァのナルシシズム論について解説する。そこでは幼児期の不安を鎮める心の構造としてナルシシズムが論じられているが、それがどのように起こるのか、うまくいかなかった場合どうなるのかという、この本の議論のベースとなる考え方を詳しく説明する。そして、ＳＦやミステリー、村上春樹・梨木香歩らの作品から例を引いて、具体的にナルシシズムがどう表現されているかをみていく。

第2章では、メタファー（隠喩）という観点から、村上春樹作品のナルシシズム的な表現について考える。独特の比喩表現の目立つ村上春樹だが、そうした比喩の中には、クリステヴァのいうような心理的なプロセスに相当するものが多くみられる。安心感が空虚感を包み込んで鎮めているもの、安心感の表現に終始しているもの、カバーしきれない空虚感が不在や恐怖の表現として溢れているものなど、様々な比喩表現のバリエーションを検討する。

第3章では、オブジェやメタファーなどの用語も使いながら、現代社会の特徴でもある「偽りの自己」（第3章で説明するウィニコットの用語）が、作品でどのように表現されるかについて考える。「偽りの自己」はナルシシズムと似ているが、本来のナルシシズムとはむしろ対立する別のものである。小野不由美の人気シリーズ「十二国記」第一作である『月の影　影の海』、村上春樹『ねじまき鳥クロニクル』などを取り上げ、主人公たちが自己確立に向かって変化していくプロセスを検討する。また、「偽りの自己」に関連するいわゆる「空気」による同調圧力を扱った作品として、伊藤計劃《けいかく》『ハーモニー』と梨木香歩『沼地のある森を抜けて』も取り上げる。

第4章は、現代のサブカルチャーにおけるナルシシズムがテーマである。アニメやマンガでは主人公が特別な力をもっていたり、助けてくれる強い力をもった存在がいたりすることが多く、それが視聴者や読者の全能感にアピールする。こうした傾向のプラス面をマイナス面と合わせて検討する。また全能感の表現という点では共通しているが、二十世紀後半に作られた宮崎駿のアニメ作品と『化物語』のような現代の作品には、明らかに違いがある。それはどのような違いなのか、心理学的にみて何が原因となっているのか、などを考察していく。そして、デスゲームという近年流行のジャンルの先駆けでもある福本伸行のギャンブルを扱った作品について触れ、最後に話題作であるテレビアニメ『魔法少女まどか☆マギカ』のもつ、現代の閉塞感を吹き飛ばすナルシシズムの力について考えて、まとめとしたい。

第1章　空虚感と安心

1　ナルシシズムと「空虚」

ナルシシズム研究の幅広さ

　精神分析にナルシシズムを導入したのは創始者であるフロイトである。彼は簡単にいうと自己愛者とは自分を愛する人であると考えたが、現代の代表的なナルシシズム論の一つであるハインツ・コフートの自己心理学では、自分を愛せないが故に誇大な自己像に固執する自己愛者という真逆のとらえ方になっている。このようにナルシシズム研究は、非常にバリエーションに富んでいる。

この章では、ジュリア・クリステヴァのナルシシズム論である「想像的な父親」の理論を、ごく初期の幼児の心の世界に焦点を当てた精神分析の流派である、メラニー・クラインの対象関係論（クライン派）周辺の理論と重ねながら、示そうと思う。実例としてＳＦ・ホラー・ミステリーの古典や村上春樹などの現代小説も取り上げる。

クリステヴァは自己愛が、幼児の発達において、不安を感じる幼児に安心感のよりどころをもたらすという重要な役割をもつことを強調している。それは対象関係論などで、「母親からの分離」にともなうネガティブな感情を、幼児がどのように受容するかに焦点が当てられているのと重なる。

対象関係論などで「母親からの分離」という時の「母親」とは、幼児が全能で絶対的存在と錯覚している存在で、現実の人物を指すわけではない。「母親からの分離」とは、幼児が「母親」という大切な存在から、心理的・身体的に離れて自立するという、三歳ぐらいまでの時期に起こることである。

この時期はフロイトのいうエディプス・コンプレックスより前の段階なので、「前エディプス期」と呼ばれる。イギリスの対象関係論周辺やコフートの自己心理学など、フロイト以後の精神分析では、前エディプス期に焦点が当てられるようになった。「母親からの分離」は幼児にとって、「母親」を喪失するという不快な体験と感じられ、だからこそ受け入れるのが難しく、不快な感情は否定される。このように都合の悪いことを認めない心理を精神分析では「否認」と呼び、様々な問題の原因となることが知られている。

こうした状況を解消するのに重要な役割を果たすのが、ナルシシズムである。どういうことか、みていこう。

ナルシシズムと一次同一化

クリステヴァは文学理論家で精神分析家でもある多才な人物である。一九六〇年代から文学と革命に関する様々な理論を生み出していたが、一九八〇年代には焦点を「母親」に移し、ナルシシズムについての理論を展開した。

ナルシシズムはギリシャ神話のナルキッソス（ナルシス）が元になった言葉で、一九世紀末に精神医学で使われるようになった。フロイトは論文「自我とエス」で、幼児のナルシシズムについて「一次同一化」として論じている。クリステヴァのナルシシズム論は、「自我とエス」を踏まえた「愛のアブジェ」などの論文を経て、一九八三年の『愛の歴史＝物語《イストワール》』でまとめら

れた。(1)

同一化とは「アイデンティフィケーション」の訳語で、精神分析では相手の特徴を自分の心に取り入れて自分の価値を高めたり、劣等感を補ったりすることを指す言葉である。例えば、失恋した相手に自分が似てくるという例をフロイトは論じており、またコスプレによってアニメの登場人物になったように感じて満足するのも、同一化の一種であろう。

では、フロイトの一次同一化からみていこう。

フロイトは「幼児期の初期に発生した同一化」について次のように書いている。

この問題によって、自我理想の発生の問題へと連れ戻される。自我理想の背後には、個人の最初の（そしてもっとも重要な）同一化が潜んでいるのである。これは個人の〈原始時代〉である幼児期における父との同一化である。この同一化は（中略）媒介なしの直接的な同一化であり、どのような対象備給よりも早い時期に行われるものである。

（「自我とエス」二三一頁）

そして、原注に「父との同一化というよりも、両親との同一化といった方が正確であろう」

(「自我とエス」二三一頁)とある。(2)

引用にある媒介無しで対象ももたない直接の同一化というのはわかりにくい言い方だが、相手の特徴を同一化するというより、両親の世話自体を「良いもの」と感じて直接取り入れるような同一化だと考えられる。また「自我理想」とは、いわゆる良心に相当するもので、簡単にいうと「自分がなりたいと思う理想的イメージ」である。つまり、フロイトがここで述べているのは、ごく幼い時期の幼児が、周囲の両親から「温かみ」のようなものを直に取り入れて、自らを見守り支える新しい心の構造を発達させるということである。

このフロイトの一次同一化論は、不快を処理する機能が幼児の心にどのように導入されるかに言及した、画期的な議論である。

空虚を覆う愛

「自我とエス」では同一化された両性的な存在は、そこから自我理想が分化する元であるとされている。フロイトは社会のルールに沿って厳しく律する心の構造を「超自我」と呼び、自我理想とあまり区別していないが、自我理想はナルシシズムの延長にあると述べてもいる。自分がそうなりたいという希望や憧れによって自我を導くと考えると、自我理想は超自我と対照的である。クリステヴァが「愛のアブジェ」で、フロイトの一次同一化を「愛」である、性的なエロスとしての愛ではなくアガペー（神の愛）としての愛であるとしているのも、うなずける。

しかし、ここからが重要なのだが、クリステヴァの考えるナルシシズムは、「母親」から分離する不快さなどからくる「空虚」を幼児が保持する力となるものであり、逆にいうと本来のナルシシズムには様々な不快な感情が含まれていなければならない。まだ自我が未熟な幼児がそうした感情を保持するための鍵となるものを、クリステヴァは「想像的な父親」（**père imaginaire**）と呼んでいる(3)。これについて少し説明しよう。

クリステヴァが学んだラカン派精神分析の用語に「ファルスへの母の欲望」というものがある。ファルスとはフロイトが幼児期の重要なオブジェとして強調するペニスのことで、ラカンはそれを「ファルス」と呼んで、独自の文脈で使う。「ファルスへの母の欲望」は、ラカンが「想像界」と呼ぶ、言語を使うようになる以前の幼児のイメージの世界で生じるので、この場合のファルスは、「想像的な対象」、「ペニスのイメージ」である。前エディプス期の幼児は、このファルスを母の欲望の対象だとみなすと、ラカンは考えた。「母」が他の存在に欲望をもつというのは、自らと一体であるはずの全能の「母」が他を必要とするという、全能感の錯覚にとって危機的状況として幼児に受け取られる。ラカン派ではそこから幼児が母の欲望の対象に、自らを同一化すると考える。(4)

クリステヴァのいう「想像的な父親」とは、「ファルスへの母の欲望」の中の「母」と「ファルスへの欲望」が凝固したものであると説明されている。わかりやすくいうとファルスが体現する父性による分離と同時に、幼児の願望を満たす母親的な面も残っている、両性的な父親のイメージである。空虚を喜びで満たしてくれるそのような存在を心に取り入れて、不安に耐える力を得ることが、幼児期のナルシシズムの核心なのである。

「想像的な父親」と対象関係論

クリステヴァはフロイトの一次同一化論を踏まえて、「愛のアブジェ」で一次ナルシシズム（幼児期のナルシシズムをこう呼ぶ）について、次のように述べている。

> 要約しますと、一次同一化とは、母を《アブジェ》として構成する際の相関物である想像的な父親への（からの）転移であるように私には思える、ということです。ナルシシズムはこの（想像的な父親との、また《アブジェ》である母との）相関関係でありましょうし、

この関係は前に述べた転移の中心にある空虚のまわりで作用するのです。

（「愛のアブジェ」一六五頁。訳文一部改変）

「転移」は精神分析の用語だが、ここでは愛情を振り向けるというような意味で使われている。ここでクリステヴァは、ナルシシズムが「想像的な父親」の同一化という一方的な取り入れというより、「想像的な父親」と幼児の相愛関係のような独特のものであると強調しているのである。

また、論文のタイトルにもなっているアブジェとは、『恐怖の権力』で使われているアブジェクト（「おぞましいもの」と訳される）という用語から、フランス語のオブジェに合わせてクリステヴァが作った造語である。アブジェとアブジェクトは同じ内容を指す用語なのでこの本では区別せず、オブジェと関連づけるために主にアブジェの方を使用する。(5)

アブジェは母親から分離する幼児が自らの内に感じる、おぞましくて吐き出したい不快な〈もの〉を表す言葉である。オブジェというほど確固とした対象ではなく、何かあるのだがはっきり把握できない漠然とした〈もの〉がアブジェで、『恐怖の権力』では「前-対象」や「半-対象」などと表現されている。

「母親からの分離」によって幼児の心にアブジェとしての耐え難い「悪い」母親が生ずる[6]としても、「想像的な父親」の愛が幼児の「空虚」と結びつくことで、ナルシシズムによって安定した心へと変化することができる。不幸にしてそうならなかった場合は、アブジェに取り込まれた混沌とした心になる。このように、「想像的な父親」は心の発達の重要な分岐点となるものなのである。

対象関係論周辺でも、同様の幼児期の心の発達モデルがある。この本でいう対象関係論周辺というのは、ドナルド・ウィニコットやウィルフレッド・ビオンなど、メラニー・クラインに直接学んだが、厳密にはクライン派の対象関係論とみなされていないイギリスの精神分析家の理論を含めてのものである。

例えばウィニコットは、彼が「絶対的依存」と呼んだ最早期の全能感に自足した段階を一次ナルシシズムと考えるが、それに続いて「ほどよい母親」(good-enough mother) が全能感からの「脱錯覚」をもたらす段階があるとしている。「ほどよい母親」とは完璧ではなくほどほどに幼児を世話することで、不快な体験を幼児に与えつつ、大丈夫という安心感も同時にもたらす存在である。そのような「ほどよい」世話の積み重ねが、幼児を全能感から安全に覚めさせるのである。絶対的依存よりもむしろこちらのプロセスの方が、クリステヴァの考える一次ナルシシズムに近い。

ちなみにウィニコットはごく幼い時期の幼児と母親の関係を、「抱えること」（holding）という印象的な言葉で表現している。これは母親をはじめとする周囲の養育者が、幼児の自我が発達できるように、様々な世話を通して心理的に支えることである。「抱っこ」とも訳されていて、幼児を実際に抱き抱えることも含まれる。幼児にとって、適切に「抱え」られた体験が、その後の家庭内や社会に出てからの人間関係の基盤となる。

この本でも分離の傷を「抱える」とか「空虚の抱え」などのように、ウィニコットのこの表現をしばしば使って自己愛の表現を考察していく。

分離の深淵

クリステヴァは『愛の歴史=物語《イストワール》』の中で「ナルシシズムの覆い」について次のようにいう。

もしナルシシズムが分離の空虚に対する防衛であるなら、自我の強化の途上でナルシシズムに付随するイメージ・表象・同一化・投影といった仕掛けの総体は、その空虚を悪魔祓いする手段であるといえる。（中略）にもかかわらず、分離がもたらす空虚は我々の同一性・イメージ・言葉が飲み込まれる危険のある、かろうじて覆われた深淵でもあるのだ。[7]

（*Tales of Love*, p.42）

ナルシシズムは、全能感を与える対象を心に取り入れることによって、「母親からの分離」の不快さを保持する力を幼児に与えてくれるものだが、引用の最後にあるように、「分離」の空虚は依然として残っているので、不安の「深淵」に飲み込まれる危険も存在する。

一般に精神分析では、無意識的な力を統御する力を得るのはエディプス期であると考えられている。エディプスとはギリシャ神話のオイディプスのことで、幼児は男の子の場合、父を殺し母と結婚したオイディプスのように、母親を父親と争うという葛藤（エディプス・コンプレックス）を経て父親と同一化し、エスやイドなどと呼ばれる無意識の本能的部分から、自我を守る心の構造ができあがるとされる（女の子の場合もエディプス期に母親と同一化して女性性を身につけるとフロイトは考えたが、この見方には批判も多い）。

先ほどの引用で「深淵」に陥りかねないとされた一次ナルシシズムの不安定さは、こうしたエディプス・コンプレックスの時期を経て、大人としての性別アイデンティティをもつことで解消するとクリステヴァも考えているようだが、禁止するエディプス的父親よりも愛情に満ち

た「想像的な父親」が重要であることを強調している。(8)

ナルシスとオイディプスの絡み合いは一筋縄ではいかない。シュルレアリストたちが目指したのもエディプス期に抑圧された性欲の表現だったが、実際には例えばサルバドール・ダリにとってパートナーのガラが幼児にとっての母親のような存在であったように、そこに一次ナルシシズム的な「分離の傷の抱え」が表現されていることが、往々にしてある。

クリステヴァ自身もナルシスとオイディプスの絡み合いを踏まえて、自身のナルシシズム論を芸術作品に応用している。これから様々な作品の分析に入っていく手始めとして、まずそれがどのようなものか確認してみよう。

クリステヴァによる作品分析

『黒い太陽』でクリステヴァは自らのナルシシズム論を使って、文学や美術にみられる「抑うつ」を前エディプス的な観点から分析している。

例えばドストエフスキー作品の苦悩についてクリステヴァは次のようにいう。

内部でも外部でもなく、両者の中間にあって、自／他の分離のはじまる端緒、さらには分離が可能になる以前でさえある場に、ドストエフスキーの苦悩はたたずんでいるのだ。
（『黒い太陽』九九頁）

つまりドストエフスキーの苦悩は、幼児期の自他未分化状態にまでさかのぼるアブジェ的なものだというのである。そして、「赦し」という理想との同一化がその覆いとなっていると分析している。

クリステヴァにおいてアブジェは明確に克服されるものではなく、ナルシシズムの支えが揺らぐたびに常に「おぞましいもの」として立ち現れる可能性を残すのだが、それでもこの場合の「赦し」のような自我理想的覆いは、アブジェのコントロールに役立つ。それは次の引用にあるような、「超記号」の形成に当たるからである。

昇華の力学は一次過程と理想化を動員しながら、抑鬱に沈む空虚の周囲に、またその空虚とともに、ひとつの**超記号** *hyper-signe* を織りだす。それは**もはや存在しない**何ものか、だがよりすぐれた意味作用を私のために取り戻し、（後略）
（『黒い太陽』一一一頁）

「もはや存在しない何ものか」とはこれまでみてきたように失われた「母親」のことである。言葉活動における意味作用の中に、空虚感という非言語的なものを保持するのが、ここでいう「超記号」すなわち「想像的な父親」である。クリステヴァはこれに続く箇所で、芸術作品の「美」もこのような超記号として、分離の「空虚」を鎮める働きをするという[9]（『黒い太陽』一二頁）。

現代小説とナルシシズム

「はじめに」で述べたように、一九八〇～九〇年代頃から書かれた日本の小説にも、クリステヴァのナルシシズム論にみられるような同一化がしばしば描かれている。村上春樹・梨木香歩・宮部みゆき・小野不由美などの作品は、分離による喪失感を受け止めて同一化することが主人公たちの精神的安定につながるという、共通の内容を含んでいる。春樹作品には一見エディプス的な状況や性愛も多く描かれているが、それも「厳しい父親」の同一化というより、分離の傷を修復（「修復」は心理的な意味でクライン派などで使われる言葉である[10]）してくれる両性的な「想像的な父親」探求となっているように思える。つまり、こうした作品が扱っている無意識的オートマティズムの主体は、オイディプスではなくナルシスなのである。一つ例を挙げてみよう。

村上春樹『海辺のカフカ』では、カフカ少年（田村カフカという偽名の奇数章の主人公をこの本ではこのように表記する）は父親からオイディプスを彷彿させる予言を受けている。

「ねえ大島さん、父親が何年も前から僕に予言していたことがあるんだ」（中略）「お前は、いつかその手で父親を殺し、いつか母親と交わることになるって」

（『海辺のカフカ』上、三四七–三四八頁）

父親から離れるため十五歳の誕生日前に家出したカフカ少年の、不安などの感情を受け止めてくれるのが、香川県にある甲村記念図書館である。そこには幼児期にカフカ少年を置いて家出した母親かもしれないとされる、館長の佐伯さんがいた。

つまりこの図書館は、喪失した「母親」の存在を埋めてくれるナルシシズム的な場である。カフカ少年は父親と同一化することによってではなく、この図書館や、幻想的な森の中の町などで心の傷と向き合うことで、エディプス的予言を乗り越えていく。

そうした場を心の中に取り込んだような「頭の中の図書館」の話が、物語の最後に司書の大島さんから語られる。

（前略）僕らの頭の中には、たぶん頭の中だと思うんだけど、そういうもの［「大事な機会や可能性や、取りかえしのつかない感情」などの失ったもの］を記憶としてとどめておくための小さな部屋がある。きっとこの図書館の書架みたいな部屋だろう。そして僕らは自分の心の正確なありかを知るために、その部屋のための検索カードをつくりつづけなくてはならない。掃除をしたり、空気を入れ換えたり、花の水をかえたりすることも必要だ。言い換えるなら、君は永遠に君自身の図書館の中で生きていくことになる

（『海辺のカフカ』下、四二二頁。［　］内引用者）

喪失の記憶を保持するこの「頭の中の図書館」は、佐伯さんという失われた母親のいた甲村記念図書館をカフカ少年が心に取り込んだようなものである。つまり「想像的な父親」に相当するオブジェなのであり、その「検索カードをつくりつづけ」る、「掃除をしたり、空気を入れ換えたり、花の水をかえたりする」という行動は、空虚を抱えてくれる心の中の場所と接触を保ちつつ生きることである。意識的にそうするので完全なオートマティズムではないが、「心

の正確なありか」を求めて「永遠に君自身の図書館の中で生きていく」とは、ナルシシズム的な無意識のオートマティズムを取り入れた生活スタイルである。

村上春樹にはオートマティズムへの根深い関心があり、作品にもそれがみてとれる。例えば『世界の終りとハードボイルド・ワンダーランド』は奇数章と偶数章で異なる物語が進行するが、奇数章の主人公は、自分の脳を使ってデータを暗号化する「計算士」という仕事をしている。その暗号化の方法の一つである「シャフリング」は、音声テープの指示で陥る無意識状態（作中の表現では深層心理）の中で作業を行なうもので、一種の自動筆記である。

また、村上春樹は、創作活動自体にも意識的に「無意識の」部分を組み込んでいる。『世界の終りとハードボイルド・ワンダーランド』の奇数章と偶数章のストーリーは途中でシンクロするが、そうすることで互いに別の章のストーリーを刺激し合って、意図せざる複雑な展開が可能になっている。

喪失の受容

次に梨木香歩の作品から、具体例をみていきたい。

梨木香歩のデビュー作『西の魔女が死んだ』で、いじめで不登校になった中学一年生のまいは、母が電話で自分のことを「扱いにくい子」、「生きにくいタイプの子」と話しているのを聞いて、さらにショックを受ける。

「認めざるをえない」

まいは小さく呻るように呟いた。この言葉は初めてつかう言葉だ。まいはちょっと大人になった気がした。

「それは認めざるをえないわ」

（『西の魔女が死んだ』一六頁）

まいはこのように自分に言い聞かせるので一見自分のマイナス面を受け止めているようにみえるが、本当に自分のネガティブな面と向き合って受け入れるのは、その後のイギリス人の祖母との暮らしを通してである。祖母は魔女であるといわれている人で、まいは「魔女修行」として、自分を律する訓練をする。

まいは「おばあちゃん、大好き」と普段からよく口にする子だったが、祖母の方も傷ついているまいを受け入れ、「感性の豊かな私の自慢の孫」とさりげなく言うなど、母親に代わって傷ついたまいの自尊心を癒やしてくれる人物である。まいの魔女修行は、「大好き」な対象と同一化するナルシシズムの作業なのである。

しかし、まいに感情のコントロールの大切さを説く祖母だが、彼女自身も一人の人間なので、完全に感情をコントロールできるわけではない。まいは近所に住むゲンジさんという苦手な男性のことで祖母と衝突し、感情の行き違いを解消できないまま祖母の許を離れた。

それから二年たった頃、祖母が倒れたという知らせが届く。駆けつけるとすでに祖母は亡くなっていた。しかし、祖母と暮らしていた時、死後の世界に恐怖を感じていたまいに、死後も魂が残ることを知らせると約束した通り、窓ガラスに祖母からのメッセージが書かれていた。

> まいはその瞬間、おばあちゃんのあふれんばかりの愛を、降り注ぐ光のように身体中で実感した。その圧倒的な光が、繭を溶かし去り、封印されていた感覚がすべて甦ったようだった。
>
> （『西の魔女が死んだ』一九一頁）

この箇所では、ナルシシズムのオートマティズムとこの本で呼んでいるものが、非常によく表現されていると思う。祖母を喪失した空虚感は、文字のメッセージがまいの心に呼び覚ました「愛」と「光」に包まれて、生まれ変わったような喜びに変わっている。

同じく梨木香歩の『裏庭』では、やはり家族関係、特に母親との関係に悩む主人公の少女照美が、イギリス人の残した屋敷にある鏡を通って、テルミィという名前で「裏庭」という異世界を旅するのだが、そこには現実世界で照美が抱えていた葛藤が幻想的な装いで現れる。

餓鬼に襲われるシーンでは、餓鬼の目に「決して満たされることのない、ひりつくような飢え」（『裏庭』三三〇頁）を見て取ったテルミィは、それを両親にかまってもらえない自分の愛情の渇望と重ね、餓鬼を自然に受け入れて身を喰わせる。その後、倒れたテルミィを含む周囲のあらゆるものに茜色の雨が降って、すべてを朱色に染め上げる。

——ああ、みんな同じ色に……

そう思った途端、何かが弾けて、世界がまっしろになり、何もかも消えた。餓鬼に喰いつかれていたはずの肩も、あの服はいつのまにか修復していた。（『裏庭』三三三頁）

「あの服」というのはテルミィが裏庭の旅を始める時に周りの反対を押し切って選んだ服だが、それは自分のコントロールできない感情を具現化するという、なかなか扱いの難しい服であった。例えばテルミィの憤怒に応じて鎧と化して、相手を攻撃する場合があり、テルミィ自身にもその攻撃は止めようがなくなる。しかし、この場面では「何かが弾けて、世界がまっしろ」というオートマティズム的変化にともなって、この魔法の服というオブジェが、身体の傷を修復した。これはテルミィの両親への渇望を癒すという、心の修復ともなっているのだろう。

宮部みゆき『ブレイブ・ストーリー』でも、主人公の亘《わたる》はRPG風の異世界である「幻界《ヴィジョン》」を旅して「運命の女神」を探し、両親の離婚という認めたくない現実を変えてもらおうとするが、最終的に女神に会った亘は次のように言う。

僕はこれからも、喜びや幸せと同じように、悲しみにも不幸にも、何度となく巡り合うことでしょう。それを避けることはできない。（中略）真なるものは、たとえ女神さまのお力を以てしても変えることのできないもののなかにこそある。変えることができるのは、僕だけだ。僕が、僕の運命を変え、切り拓いていかなくては、いつまで経っても同じ場所にいて、同じことを繰り返すだけで、命を終えてしまうことになる

（『ブレイブ・ストーリー』四七八−四七九頁）

異世界での経験、特に大切な存在の喪失体験などが、亘の考えをこのように変えたのである。

こうした作品は、異世界での経験、とりわけ愛情や導きを提供してくれる存在の喪失体験を心に同一化することが、思春期の少年少女である主人公たちが現実世界での母親や家族との距離感を見出す助けになるという、共通の内容をもっている。無意識的なオートマティズムは、表現の端々に認められる。こうした作品では、ストーリーのみならず様々なオブジェやイメージ、比喩表現などによって、ナルシシズム的な同一化の達成が表現されている。第3章で論じる小野不由美の「十二国記」シリーズも、同様である。

2　SF・ホラー・ミステリーなどのナルシシズム表現

SFのナルシシズム

『黒い太陽』でクリステヴァが分析したのは名の通った芸術家の作品であるが、私の考えではナルシシズムはSF・ホラー・ミステリーなどといった文学のサブジャンルにこそ応用しがいがある。そうした作品には、様々な超自然的あるいは科学的なオブジェ、全能の博士や探偵などの特徴的なキャラクターが数多くみられ、ナルシシズムの観点から分析するのに適している。

次にこうしたジャンルの古典をいくつか取り上げて、考えてみたい。

ＳＦは科学への期待と全能感の満足を基調とするジャンルである。例えばアイザック・アシモフの『銀河帝国の興亡』三部作に出てくる天才的な学者ハリー・セルダンは、人間の心理を組み込んだ統計手法を駆使して未来を予測する、「心理歴史学」の創始者である。彼はこの架空の科学を使って、銀河系に広がった人類の帝国の滅亡を予言し、またそこからの復活を計画する。この人物とその独自の学問の全能性によって、人類がぶつかる様々な障害は彼の予想の範囲内のものであることが次々に明らかになり、人類の暗黒時代の「空虚」が予定調和的に輝かしい新時代に向かうというストーリーの流れは、心地よいナルシシズムの満足に読者をいざなうものである。この種のナルシシズムは通俗的だが、「空虚の覆い」には違いない。

ジュール・ヴェルヌの『海底二万里』の潜水艦ノーチラス号は、天才的科学者で富豪のネモ船長が作り上げた、人類の科学と英知の牙城である。独特の方法で得られる電力で動き、膨大な蔵書数の図書室をもつなど、あらゆる点で最先端であり、全能性を感じさせる設定である。視点人物のアロナクス教授を通して見るネモ船長は謎めいた暗い背景をもつ人物であり、ノーチラス号は彼の「空虚」を包みこんで全世界の海底という巨大な深淵を旅する、ナルシシズムの防壁のような科学技術の要塞である。

エドガー・ライス・バローズの『火星のプリンセス』では、主人公の南北戦争時代のアメリカ人ジョン・カーターは、偶然入り込んだ洞窟から火星に移送されてしまう。重力の違いから火星での彼は、驚異的なジャンプ力や怪力をもち、スーパーマンのような全能性を発揮する。『類人猿ターザン』の作者でもあるバローズの描く主人公は、男性的ヒーローとして危機に陥るヒロインを救出する。

物語は王女デジャー・ソリスと結ばれた後、不本意にも地球に戻ってしまったカーターの手記からなるが、その末尾で空想する火星の情景は幼児にとっての母親のような「失われた楽園」の郷愁に満ち、そこに戻ることが彼の願いとなる。

このようにＳＦにおいては、科学的な楽観主義が、全能の「母親」もしくは慈愛に満ちた母親的な特性をもつ父親（「想像的な父親」）として表現されていて、ナルシシズム的な設定やオブジェが大きな魅力となっている。

ミステリーやホラーのナルシシズム

ミステリーやホラーでは、ジャンルの特性上、不安や恐怖などの「空虚」に属するといえる部分が大きいが、例えば残虐な殺人事件を描いたエドガー・アラン・ポー「モルグ街の殺人」

では、冒頭で語り手と友人オーギュスト・デュパンの共同生活が描かれ、全能の名探偵というその後定番となったキャラクターがはじめて登場する。フランスでデュパンと出会ったアメリカ人の語り手は、彼の神的な洞察力に魅せられ、自ら資金を出して古びた屋敷を手に入れ、夜を愛するデュパンとともに、昼夜逆転の芸術鑑賞と議論の生活に耽溺する。

名探偵の全能性は、ポー自身が神域に属するとみなす「分析能力」という力の証であり、つまりクリステヴァのいう「神の愛」に似たものへの同一化が、語り手のデュパンへの熱狂的同一化にみてとれる。これはその後シャーロック・ホームズ、明智小五郎などへと続く名探偵にもいえることで、ホームズに対するワトソンのようなペアの視点人物を通して、最終的には名探偵がすべてを解決してくれるという、ナルシシズム的な体験が読者に提供される。

恐怖小説家としてのポーの一面を継承し、Ｈ・Ｐ・ラヴクラフトはクトゥルー神話という個人を超えて書き継がれる作品群を生み出した。人類が登場する以前の地球の支配者であるクトゥルー（英語表記“Cthulhu”の発音にはほかにもクトゥルフなど諸説あるが、この本ではクトゥルーと呼ぶ）などの宇宙的怪物の恐怖を描くこのクトゥルー神話は、この本でいうアブジェの宝庫である。ラヴクラフト作の「未知なるカダスを夢に求めて」では、夢で見た理想の都市を求めて主人公のランドルフ・カーターが夢の世界にわけ入り、邪神ナイアルラトホテップの罠をかわして見事現実への帰還を果たすという、ＳＦ的でナルシシズム的なストーリーが展開する。アブジェといえるような、おぞましいぬらぬらしたものとして描かれる、宇宙空間の「空虚」の恐怖もみられる。

窮極の運命にむかい目眩くばかりに突進み、暗澹たる闇のなかで目には見えない触手にまさぐられ、ぬらぬらした鼻面を押しつけられ、名も知れぬものどもに嗤笑《ししょう》された。

（「未知なるカダスを夢に求めて」三二八頁）

しかし、美しく幻想的な都市の描写がその恐怖を覆って、魅力的なものとしている。

『ゲド戦記』のナルシシズム空間

このようにＳＦ・ホラー・ミステリー、さらにはファンタジーや児童文学といったジャンルも同様だが、そこではアブジェや空虚を含むイメージが多くみられ、それらが全能と思える人物や全能を感じさせる設定と混ぜ合わされて、受容可能なものに変えられている。それはうまくいった幼児期のようなものであろう。

こうした点はエンターテイメント性が高いこうしたジャンルにふさわしいものだが、アーシュラ・Ｋ・ル＝グウィン『ゲド戦記』のように、エンターテイメント性に加えて人間性の奥深くの真実を掘り下げている作品も存在する。

『影との戦い——ゲド戦記１』（原題『アースシーの魔法使い』）の舞台はアースシーと呼ばれるファンタジーの世界で、魔法の才能に恵まれた若者ゲドは、自らの傲慢さから禁断の魔法を使って、死霊の世界から「影」と呼ばれるものを呼び出してしまう。この影は心理的にみると、ゲドの未熟で傲慢な内面がオブジェまたはアブジェとして現実世界に現れたものである。ゲドは影に襲われて瀕死になるが、一命を取り留めた後も影に付け狙われる。その後、慈愛に満ちた父親的存在である師匠の魔法使い「沈黙のオジオン」の助言に従って、逆に自分から影に向き合ってそれを追う側に転じる。

最終的に影と対面したゲドは、影がこれまで自分に恐怖や劣等感、後悔などの葛藤を感じさせた人々に次々と変化するのを見る。これは影というこの作品の設定が、無意識のオートマティズムと直接つながっていることを感じさせる描写である。最後に影はただの目も口も耳もない四つんばいの姿になり、向き合ったゲドが直感に導かれるように影の名を「ゲド！」と呼ぶと、同時に影も同じ名を呼び、影はゲドに統合される。

「ゲド！」

ふたつの声はひとつだった。

ゲドは杖をとりおとして、両手をさしのべ、自分に向かってのびてきた己の影を、その黒い分身をしかと抱きしめた。光と闇とは出会い、溶けあって、ひとつになった。

（『影との戦い』三〇四頁）


ル＝グウィンが作り出し、その後日本の作家も含めて多くの追随者を生み出した、この「心の影の統合」というパターンは、ナルシシズムを踏まえて考えると、心のネガティブな面を否認せずに保持するという真のナルシシズムが、自分の影と向き合って統合するという形で表現されたものである。

次に、同じようにエンターテイメント性にあふれた道具立てを使って、心の奥深くの真実を掘り下げるという特徴をもつ、村上春樹作品について考えてみたい。

3　自己愛からみた村上春樹作品

空虚とオートマティズム

村上春樹作品には様々なナルシシズム的要素が含まれている。村上春樹はＳＦ・ホラー・ミステリー・ファンタジーといったジャンルの要素を積極的に作品に取り入れており、そうした仕掛けを使って、主人公たちが自らの内面とリンクする分離や喪失の恐怖と向き合うプロセスを描いている。

村上春樹の『風の歌を聴け』の文体について、三浦雅士は主人公が「自分自身の内面に決して踏み込もうとしない」（「村上春樹とこの時代の倫理」四〇頁）と書いている。主人公が内面に深く踏み込むことを拒む、自意識的で防衛的なスタイルである点の指摘はほかにも多く、また間違いではなかろう。しかし正確には、村上春樹は自分の内面に踏み込むことへの不安や恐怖を、様々なオブジェを使いつつ執拗に表現する作家だと思う。そこにはこれまでみてきたような、自己愛がかりそめに覆う闇があるのである。村上春樹は「何か」、「空っぽ」、「空白」などの言葉で、主人公を脅《おびや》かす名指しえぬ空虚感を表現する。

主人公たちがそれと向き合う際に、女性キャラクターがその恐怖を慰撫するという展開が多い。『ねじまき鳥クロニクル』の重要な女性キャラクターである加納クレタや笠原メイが典型的だが、ほかにも『世界の終りとハードボイルド・ワンダーランド』で、地下にいる「やみくろ」という怪物の領域を旅する主人公を励まして導く十七歳の少女、『ダンス・ダンス・ダンス』で「向こう側」と呼ばれる得体の知れない異空間に引き込まれて消失しそうになる主人公に、現実感を取り戻させてくれる、ホテルの受付嬢ユミヨシさん、『海辺のカフカ』で死にゆく途上で主人公の少年に会う、「母親」かもしれない図書館の佐伯さんなど、そうしたキャラクターが多数みられる。また、そうした女性キャラクター自身も、しばしば何らかの空虚感を抱えている。

村上春樹は、連想をつなげて展開していくシュルレアリスムの自動筆記を思わせる文体で、何気ない日常の意識の流れから、心の深部にある喪失感まで幅広く描写する。シュルレアリスムでは完全に自動的な記述によって無意識を直接表現することが目指されたのに対し、村上春樹の場合はストーリー作りやキャラクター設定、推敲過程など、作者の意識が介入する部分も大きいが、明らかに意識してオートマティズムを創作過程に組み込んでいる。

春樹作品のナルシシズム空間

村上春樹作品では「空虚の抱え」を含む空間が、初期作品からある種の異界として組み込まれていることが多い。

『世界の終りとハードボイルド・ワンダーランド』偶数章では、名前からして端的に空虚を体現した「世界の終り」という名で呼ばれている、奇数章の主人公である計算士の「意識の核」の世界が描かれる。そこは登場人物の一人である博士によれば、計算士が失ったものを取り戻せる世界であり、つまり喪失感の修復が可能とされる場所である。「世界の終り」と呼ばれているのも、幼児にとって世界そのものであった全能の母親と分離した哀しみがベースになっているからであろう。

そこにある街は、「完全な壁」というオブジェによって不完全な外界から遮断された完全な場所である。対象関係論では「母親からの分離」以前の幼児の心は、「良い」部分と「悪い」部分が切り離されているとされ、それを「スプリッティング」（分裂、または分割と訳される）と呼んでいる。「完全な壁」によって完全と不完全が分割された「世界の終り」の街は、そうした幼児の心の状況に対応している。

この「世界の終り」では、不完全であるとは心をもつことであり、この作品で自分の心とされている影を切り離した人しか、街に入れない。偶数章の主人公である夢読みは、ある日壁のある街に到着し、影を切り離して街に入り、図書館で夢読みとして働く。夢を読むとは、図書館に置かれている一角獣の頭骨に手を当てて、そこから伝わるものを感じ取る作業である。

図書館には夢読み専属の助手がいる。彼女は街の住人なので心を失っているが、彼女の母は影を殺すことを拒んで、街の外の森で暮らしている。

助手にも実は心が残っている可能性があり、夢読みは彼女の心を見つけ出すことと、切り離されて弱っていく自分の影を救うために街を脱出することとの板挟みになる。しかし、これまで論じてきたナルシシズムの観点からは、どちらの行動も、分割され否認された心の一部を統合する作業という点では、同じであるといえる。

夢読みという作業自体が、オートマティズムを含んでいる。助手によればそれは、次のようなものである。

> じっと見ていると頭骨が光と熱を発しはじめるから、あなたはその光を指先で静かにさぐっていけばいいの。そうすればあなたは古い夢を読みとることができるはずよ
>
> （『世界の終りとハードボイルド・ワンダーランド』八六-八七頁）

この一角獣の頭骨は街の住民の心の消え残った残滓をため込んだもので、いわば無意識の塊である。頭骨が自動的に発する光をたどる夢読み作業とは、無意識のオートマティズムに身を委ねる作業でもある。

『ねじまき鳥クロニクル』では妻のクミコが失踪した後、トオルは空き家の井戸に潜って、その暗闇の中で自分の肉体が不確かになっていくオートマティズムの体験をする。

　でもいくら努力しても、僕の肉体は、水の流れにさらわれていく砂のように、少しずつその密度と重さをなくしていった。まるで僕の中で無言の熾烈な綱引きのようなことが行われていて、僕の意識が少しずつ僕の肉体を自分の領域に引きずり込みつつあるようだった。

（『ねじまき鳥クロニクル』第2部［全作品］三四四頁）

フロイトの無意識モデルでは、本能的部分はエスもしくはイドと呼ばれている（イドは英訳で使われている表現である）。この井戸はフロイトのいうイドから名前をつけられたとも考えられるオブジェだが、フロイトの考える性的なエネルギーの貯蔵庫であるイドというより、むしろ喪失の不安や求める相手への渇望などの前エディプス的な葛藤への通路と考えられる。

トオルは井戸の底で、「たまたま夢というかたちを取っている何か」（『ねじまき鳥クロニクル』第2部［全作品］三五八頁）と呼ばれるホテルのような場所に壁を抜けて行く体験をする。ホテルのような場所でトオルが体験するのは、２０８号室の女性（クミコだと後でわかる）と話していると、危険な男が部屋をノックして妨げるという、その場所に行くたびに繰り返される固定された状況である。母親との間に父親が割って入るのがエディプス状況なので、この状況はエディプス的にもみえるが、ホテルのような場所には、優しく包んでくれたり守ってくれたりする人物と、危険で迫害してくる人物とが入り混じっていることから、これは前エディプス状況とも考えられる。この場所は「世界の終り」の壁に囲まれた街と同様、分離の「空虚」が凝固した心の中の世界なのであろう。

この場所には井戸＝イドという無意識の壁を通り抜けて行くのであり、帰り道ではそれが粘液質の物体を通り抜けるプロセスとして、具体的に描写されている。


壁はまるで巨大なゼリーのように冷たく、どろりとしていた。僕はそれが口の中に入ってこないように、じっと口をつぐんでいなくてはならなかった。

（『ねじまき鳥クロニクル』第2部［全作品］三六六頁）

自分の無意識につながる異世界との境界を抜ける作業を、村上春樹はこうした抵抗をともなう運動として、しばしば描いている。精神分析の臨床記録などを読んでも、「否認」などの心的抵抗の壁を突破するのは、根気の要る作業である。この場合は液状だが、『ねじまき鳥クロニクル』から『海辺のカフカ』にかけては、植物の生い茂った森の中を進むという形で、そうした抵抗が描かれている。

『海辺のカフカ』では、すでに触れたように図書館が重要なオブジェとなる。カフカ少年は後半で森を抜けた場所にある不思議な町に行き、そこで死の世界に向かう途上の佐伯さんと出会って、慰撫される。

佐伯さんが本当に四歳の時に彼を捨てた母親であるかどうかは、「仮説」と表現されていて明らかにされないままだが、森の中の町で自らヘアピンで腕を刺した佐伯さんの血を飲むという形で、まるで乳児が母親の乳を飲むように、カフカ少年は喪失した「母親」を直接取り入れる体験をする。佐伯さんと別れて、もと来た生の世界へ戻る際に、カフカ少年は痛切な分離の痛みを感じるが、最後の場面では佐伯さんから受け取った絵を、佐伯さんの代理となる形見のオブジェとして抱えて、彼は眠りにつく。

このようにカフカ少年の体験は、「母」との根源的な融合かつ分離というナルシシズムの本質を体現している。父を殺したかもしれないというエディプス状況に置かれていた少年は、こうして前に触れた「頭の中の図書館」や佐伯さんの形見の絵のような、心の支えを得るのである。

アブジェと抱える存在

このように舞台が「想像的な父親」を心に据えるナルシシズムのための空間となる例がある一方、村上春樹作品ではクリステヴァのいうアブジェに当たるものも、様々な形で登場する。キャラクターとして登場するのは、次のような人物である。『ねじまき鳥クロニクル』の主人公トオルの義兄ノボルは、失踪したトオルの妻クミコも含め、関わる女性を「汚される」と表現されるような得体の知れない形で傷つける。『海辺のカフカ』のカフカ少年の父親と同一人物らしいジョニー・ウォーカー氏は、猫を殺して集めた魂を使って特別な笛を作り、人間の世界に暴力的な何かをもたらすことを計画している。

人物以外だと、『世界の終りとハードボイルド・ワンダーランド』で東京の地下の暗闇に潜んで人を襲う「やみくろ」という怪物は、姿は見せないが計算士を恐怖で身動きできなくする。『海辺のカフカ』の四国の山にも、カフカ少年を脅《おびや》かす森に潜む何かがいて、後でそれはカフカ少年の内部にある恐怖であると判明する。『ねじまき鳥クロニクル』では、姿を現さないが声だけ聞こえる不吉なねじまき鳥や、笠原メイの話に出てくる「死のかたまり」などがある。

そうした存在が体現するのは、主人公たち自身の心にも潜む、分離や喪失の恐怖である。主人公たちはそれに屈服しかけることもあるが、不安をまぎらすためのオブジェなどをあえて捨てて、それに向き合うという展開もみられる。例えば、カフカ少年が森の中で恐怖に負けそうになった時、背負っているナップザックを捨てるというエピソードがある。ナップザックはいわゆる「ライナスの毛布」、つまりスヌーピーのマンガに登場するライナス少年が手放さない毛布のような、不安から心を守るためのオブジェである。これは精神分析でウィニコットが「移行対象」と呼ぶ、「母親からの分離」に際して母親の代わりとして使うオブジェに相当する。

カフカ少年はそうした意味をもつナップザックを捨てることで、逆にその森が自分自身の内部を表すものだという認識を得て、恐怖を克服する。これはすでに論じた『ゲド戦記』で、ゲドが影に向き合う決意をすることで、逆に影を追い詰めるのと同じである。

ゲドにとってのオジオンのような、クリステヴァのいう「想像的な父親」に相当する父親的キャラクターが、こうしたプロセスの助けとなるはずである。しかし、村上春樹作品では、『ねじまき鳥クロニクル』の間宮中尉や『世界の終りとハードボイルド・ワンダーランド』の大佐のような、そうしたキャラクターは不十分な支えであることが多い。『海辺のカフカ』のカフカの父親であるジョニー・ウォーカー氏にいたっては、彼自身がクトゥルー神話に出てきそうなアブジェ的存在になってしまう。

男はむしろ声をあげて笑っていた。眼球があっという間に切り割かれ、眼窩からはみだしてこぼれた。（中略）顔は赤く染まり、皮膚は切り裂かれ、肉が飛び散り、ただの肉のかたまりのようなものになってしまった。（中略）しかし男はそれでも休みなく笑い続けていた。

（『海辺のカフカ』下、三六七頁）

ほかにも『騎士団長殺し』に登場する「二重メタファー」のように、村上春樹作品にはこうしたネガティブな父親的キャラクターがしばしば登場する（二重メタファーについては次章で詳しく触れる）。しかし、そうした「想像的な父親」とは正反対の存在を主人公が同一化して、心の安定が得られるという展開になることはない。『羊をめぐる冒険』では、邪悪な羊を取り憑かせた鼠（主人公の友人）は、自殺することでそれを滅ぼそうとする。村上春樹以外の作品では、「悪い」父親が同一化すべき自我理想のように描かれることもある。例えば第4章でみる『賭博黙示録カイジ』に登場する利根川などがそれに当たるが、仮にそうした「悪」を一種の開き直りのような形で同一化したとしても、それは本質的な心の安定にはつながらないだろう。

父親的キャラクターに代わって主人公を支えるのが、主人公に共感と保護を与えてくれる女性キャラクターや、主人公を評価しアドバイスを与えてくれる分身のようなキャラクターである。後者の例として、『海辺のカフカ』のカラスと呼ばれる少年、『世界の終りとハードボイルド・ワンダーランド』の夢読みの影などがいる。そうした存在の助けを借りつつ主人公が行うのは、アブジェに抗して空虚感に向き合うという、クリステヴァのいう一次ナルシシズムとほぼ同じ作業である。

このように、村上春樹の作品は、オートマティズムを使った表現や、喪失感や全能感とつながるキャラクターやオブジェなど、多くのナルシシズムの要素を含んでいるのである。

第2章　村上春樹のメタファー

1　ナルシシズムとメタファー

村上春樹とレトリック

村上春樹は、初期から独特の比喩表現を特徴としていたが、『海辺のカフカ』ではメタファーや象徴などの用語を作中で直接使っている。『騎士団長殺し』ではさらに進んで、自分がメタファーだという「顔なが」というキャラクターや、「メタファー通路」という名前の場所が登場するまでになる。文学研究でもよく使われるメタファーなどの修辞学（レトリック）用語が、物語と一体となっているのである。

　メタファーとは隠喩のことで、「〜のような」を使う例えである直喩とともに比喩表現の代表的なものだが、『海辺のカフカ』では、次のような使われ方をしている。

> 人はその欠点によってではなく、その美質によってより大きな悲劇の中にひきずりこまれていく。ソフォクレスの『オイディプス王』が顕著な例だ。（中略）つまり僕らはメタファーという装置をとおしてアイロニーを受け入れる。（『海辺のカフカ』上、三四三−三四四頁）

アイロニー（皮肉）は、ここでは悲劇的な運命の皮肉という意味で使われており、ギリシャ神話のオイディプスの話は、それを人が受容するためのメタファーだというのである。

　次の例では、メタファーという用語が、内部の世界と外部の世界の対応という、この本でも論じてきた文脈で使われている。

> 相互メタファー。君の外にあるものは、君の内にあるものの投影であり、君の内にあるものは、君の外にあるものの投影だ。（『海辺のカフカ』下、二一九頁）

「君の外にあるものは、君の内にあるものの投影」という部分は、この本でいうオブジェの説明にもなっている。この箇所は登場人物の口を借りた、村上春樹自身のそうした手法の解説になっている。

また、カフカ少年は冒頭で、おそらく彼の空想の中の存在であろう「カラスと呼ばれる少年」というキャラクターと、ひどい砂嵐を想像するゲームを行なう。カラスと呼ばれる少年が「**形而上的で象徴的な砂嵐**」と呼ぶ砂嵐は、先ほどの引用にあるメタファーと同様、主人公の心の中の「なにか」を砂嵐という形で表したものだという（引用のフォントが違うのはカラスと呼ばれる少年の言葉だからである）。

その嵐はどこか遠くからやってきた無関係ななにかじゃないからだ。そいつはつまり、君自身のことなんだ。君の中にあるなにかなんだ。

（『海辺のカフカ』上、七頁）

象徴（シンボル）は一般に、例えばハトは平和の象徴というように、抽象的概念を具体的なもので表す手法である。だが、ここではカフカ少年の心の中にあるものを砂嵐で表すことが「象徴的」と呼ばれており、先ほどのメタファーと同じ構造である。

このように村上春樹作品の語りは、内部と外部をつなぐメタファー的表現に自覚的である。

そこでこの章では、すでにみたクリステヴァのナルシシズム論と修辞学の用語のメタファーとを組み合わせて私が考案した、「ナルシシズム＝メタファー」という用語を使うことで、村上春樹作品などで表現されているナルシシズムの理解の助けとしたい。

ナルシシズム＝メタファー

もともと精神分析において、心理的なプロセスの説明にメタファーが活用されることは多かった。

例えばフロイトは「自我とエス」で、「エス・自我・超自我」の三つから成る無意識のモデル（構造論モデルといわれる）を示した。そして、無軌道なエスをコントロールする自我の役割を、馬を操る騎手の例えでわかりやすく説明した。

クリステヴァは『愛の歴史＝物語《イストワール》』で、愛の体験や言葉を、そこに含まれるメタファー性やナルシシズムの点から論じている（「愛の苦悶――メタファーの領域」）。それによれば、異質なものがその中で溶け合う愛の心理は広義のメタファーの作用であり、前章でみた一次ナルシシズムにおける「想像的な父親」の同一化は、そうした「愛＝メタファー」の原型といえるものである。[1]

クリステヴァは愛とメタファーと心の治療の関係について、次のように述べている。

> 恋愛状態の本質であるメタファー性が、愛の文体として歴史的世界にその都度具現化されたような表現が、今後生み出されていくことだろう。例えば「生」の別名である「治療」(cure) に特有の文体といったように。[2]（*Tales of Love*, p.277）

愛の本質である「メタファー」が、言語表現としてのメタファーなども駆使した愛の言葉として具体的に紡がれる。「生」とはそのような愛の表現なのであり、精神分析の「治療」で交わされる愛と憎しみを含む言葉も、その一種として理解できるという。[3] そして一次ナルシシズムは、そうした愛のコミュニケーションである「生」の原型なのである。

このようにクリステヴァ自身が一次ナルシシズムをメタファーと関連づけて論じていることも踏まえて、私は前章でみたような「空虚」と「想像的な父親」、あるいは「母」と「ファルスへの欲望」などの、異質なものを結びつける一次ナルシシズムの構造を、メタファーとして考えてみたい(4)。クリステヴァの「愛」の議論はやや範囲を拡大しすぎているので、クリステヴァも参考にしたウィニコットの「抱えること」と比較しながら、第1章でみたクリステヴァのナルシシズム論をもう一度確認してみる。

クリステヴァは次のように述べている。

一次ナルシシズムの始原的仕組みは（中略）要求でもなく、欲望でもなく、それは懇願であり、依存である。接触・暖かさ・授乳への回帰を求める、息による呼びかけであり（後略）

（『ポリローグ』三五三―三五四頁。訳文一部改変）

このように一次ナルシシズムには「接触・暖かさ・授乳」などの母親的な触れ合いを求める幼児の願望が含まれる。これはウィニコットが「抱えること」と呼んだものに当たる。

幼児は母親に抱えられており、身体的な言葉で表現された愛情を理解するだけである。つまり生きた人間に抱えられることによって愛情を理解するのである。ここにあるのは絶対的依存であり（後略）

（『ウィニコット用語辞典』七二頁）

ナルシシズムにおいては、こうした幼児の依存欲求が単に満たされるだけでなく、満たされることで逆に「母親からの分離」を受容する力が獲得されるということは、これまで強調してきた通りである。クリステヴァも先の引用に続いて、ウィニコットのいう「ほどよい母親」のもつ「母の機能のうちでもたぶん父的機能に属するもの」、「［母親の］現前そのもののなかにコード化される不在あるいは拒否」という、分離につながる機能に触れている（『ポリローグ』三五五頁。［　］内引用者）[5]。ウィニコットの「ほどよい母親」に当たるものを、クリステヴァは「想像的な父親」と呼び、それと同一化して分離を受容することが、幼児期のナルシシズムの中身であるとした。つまり、クリステヴァの考える一次ナルシシズムは、分離の「空虚」とそれを受容するための「想像的な父親」という異質なものが溶け合った、一種の「メタファー」である。

　こうしたクリステヴァのナルシシズム論を踏まえて、私は比喩、特に作中にある程度の広がりをもって張り巡らされた比喩を、一次ナルシシズムの言語的表現として考えてみたい。それはナルシシズムを言葉で「例える」というよりも、ナルシシズムに含まれる分離の「空虚」と「想像的な父親」のメタファー的な結びつきを、特徴的な比喩やオブジェなどによって作中に再現するものである[6]。私はこうした比喩表現を、ナルシシズムに相当する構造をもつメタファーという意味で、「ナルシシズム＝メタファー」と呼びたい。

先ほどみたような村上春樹のメタファーなどの用語の使い方は、ナルシシズムという言葉こそ使っていないが、内部と外部、非現実と現実などをメタファー的につなげることを、村上春樹自身が自覚して行なっていることを示している。

メタファーに言及した村上春樹論は多く、新しいところでは芳川泰久『村上春樹とフィクショナルなもの』がそうである。例えば『海辺のカフカ』では佐伯さんがカフカ少年の母親のメタファー、『騎士団長殺し』ではまりえという少女が、主人公の離婚した妻ユズのメタファーというように、失われた人物が時間の経過の後にメタファーとして反復される構造について、芳川は論じている。これは幼児期の母親のような失われた人物が、私がこの本で使っている表現だと心的に「修復」されるということである。芳川のいう時間差を使ったメタファーとしての反復は、これから説明するナルシシズム＝メタファーとは違うが、よく似た点に着目した春樹論だといえるだろう。(7)

ナルシシズム＝メタファーにはいくつかの要素がある。分離不安、それと裏腹の全能感や母胎回帰願望の表現、さらに分離の受容などの要素である。すべて含まれている場合もあり、部分的なこともある。分離の受容の表現については、クリステヴァのナルシシズム論が示すように、「分離自体と同一化する」という逆説的な面がある。つまり、「想像的な父親」という矛盾を含むものの同一化が、メタファーとして表現されるのである。

ちなみに、コフートは「自己愛性パーソナリティ障害」の患者が駆使するレトリックについて、それが全能感を傷つけるものの否認や論点ずらしによって、傷つきやすくもろい自己を守るものであることを明らかにした。しかし、このような表現は、私がナルシシズム＝メタファーと呼ぶものとは別のものであることは、強調しておきたい。

ナルシシズム＝メタファーは、文学などの芸術作品中に再現された一次ナルシシズム成立のプロセスであり、「抱え」られつつ「分離」するという矛盾をはらむ一連のイメージや言葉である。次に村上春樹作品などの具体的な表現を例にとって、考えてみる。

2　春樹作品の「空虚」とその覆い

退行寄りのメタファー

幼児期のナルシシズムは、全面的に「抱え」られる安心感の中にいた幼児が、「母親からの分離」を受容することで達成されるものである。そのメタファーによる表現にも、退行的満足寄りのものから「分離」を明確に含むものまで、様々なバリエーションがある。

まず始めに、わかりやすい退行寄りの例を取り上げてみよう。

『ダンス・ダンス・ダンス』の冒頭に「いるかホテルの夢」という印象的な場面がある。いるかホテルとは、かつて主人公が訪ねた北海道のホテルで、主人公はそこに自分が「含まれている」という夢を見る。その含まれ方は母胎回帰的に表現されている。

> ホテルそのものが僕を含んでいる。僕はその鼓動や温もりをはっきりと感じることができる。僕は、夢の中では、そのホテルの一部である。（『ダンス・ダンス・ダンス』上、五頁）

「いるか」は滑らかな肌をした海中に住む哺乳類で、このイメージ自体、胎児を思わせるものである。この引用部分は見かけの上で何かを何かに例えているわけではないが、「鼓動や温もり」のある生き物とホテル、「いるか」というイメージ、そこに含まれている主人公などのメタファー的結合がみられる。

つまり、「いるかホテルの夢」は、広い意味でのメタファーであり、クリステヴァのいう「接触・暖かさ・授乳への回帰」、あるいはそれ以前の母胎内への回帰を求める表現になっている。普通の書き方で表現するなら「水の中にいるすべてのイルカのように、僕は温かく包んでくれる生き物の体内に、その一部となって存在している」という内容を、複雑に絡み合ったメタファーに込めているのである（この場合、イルカはその名を冠した動悸を打つホテルと、胎児のように含まれる主人公の、両方にかかるメタファーになる）。

また、主人公の姿勢は「含まれる」という受動的なものであり、主人公側からみると無意識のオートマティズムに身をまかせる形になっている。

主人公は目覚めた後、自分が現実にいることを確認し、残念に思う。そして、「僕もやはり心のどこかでそれを望んでいるのだ。あの場所に含まれることを。」（『ダンス・ダンス・ダンス』上、一二頁）と、自分が「いるかホテル」に含まれたいと思っていることを自覚する。

もっとも、この「いるかホテルの夢」の一連のメタファーやその後の主人公の反応には、分離の受容という要素はみられない。

次に『ねじまき鳥クロニクル』第3部にある、主人公が建物になって他人の空虚を包み込むという、「いるかホテルの夢」とは逆の例をみてみよう。

主人公のトオルは、第2部で異空間（ホテルのような場所）に行く時に使った井戸を手に入れるため、それがある空き地を買い取ろうとする。資金のないトオルは、金を得るために街で出会った女性に指示された場所に行く。彼女は後でナツメグという仮の名前で呼ばれることになる、第3部の主要キャラクターの一人である。

　指示された場所にあったビルの一室で目隠しをされたトオルは、部屋に入ってきた女（おそらくナツメグだと思われる）に体を触られ、井戸の壁を抜けた時にできた頬のあざをなめられる。ナツメグは上流階級の婦人たちのこめかみに手を当てて、彼女たちを悩ましている不調を一時的に回復させる「仮縫い」という仕事をしているが、そのことで消耗してしまい、後継者を探していた。ナツメグはトオルの後継としての能力を試すと同時に、「仮縫い」で消耗した自分の心を癒やそうとしたのである。

　トオルはどう反応すべきか戸惑い、現実感のない「不思議な乖離《かいり》の感覚」にとらえられる。

> その乖離の空白の中では、僕はちょうど空き家のような存在だった。かつての宮脇さんの家「井戸のあった空き家のこと」がそうであったのと同じように、僕は今ひとつの空き家なのだ。この女は空き家の中に入ってきて、なんらかの理由で、壁だか柱だかに勝手に手を触れているのだ。（中略）やがて彼女は撫でるのをやめ、ソファーから立ち上がって僕の背後にまわり、あざの上に舌先をつけた。（中略）その舌は巧妙に僕の肌に絡みついた。

その舌はいろんな強さで、いろんな角度で、いろんな動きで、僕のあざを味わい、吸い、刺激した。

（『ねじまき鳥クロニクル』第3部［全作品］五八頁。［　］内引用者）

「乖離」はバラバラになるという意味の言葉だが、ここでは通常「解離」と表記する心の防衛メカニズム、すなわち過度のストレスから心を守るために意識を無くすことに近い使われ方になっている。意識がぼんやりとしたトオルと空き家、さらにはトオルという空き家に入る女などを結びつけるこの複合的メタファーは、「いるかホテルの夢」とよく似ている。トオルは女の欲望を包んで満たす、空っぽの建物のイメージと自分を重ねるのだ。

僕は自分をもっと空き家という存在にぴったりと重ね合わせようとした。僕は自分が柱であり壁であり天井であり床であり屋根であり窓でありドアであり石であると思う。（中略）僕は雑草のはえた庭であり、飛ぶことのできない鳥の石像であり、水の涸れた井戸だった。女が僕という空き家の中にいることはわかっていた。その姿を見ることはできない。でももう何も気にならない。もしこの女がその中に何かを求めているのなら、与えてやればいい。

（『ねじまき鳥クロニクル』第3部［全作品］五九頁）

トオルは空き家の一部や空き家にあったオブジェにも、自分を例えている。触ったりなめたりする女の欲望を満たすという母親的な「抱える」役割を担っているトオルのメタファー的表現が、こうした「空いているが故に中に含むことのできる建物」とその関連物なのである。この例も「いるかホテルの夢」同様、分離という要素はあまりみられない。

次に私の考える完全形のナルシシズム＝メタファーが用いられている春樹作品の例を、みてみよう。

完全形のナルシシズム＝メタファー

完全形のナルシシズム＝メタファーは、退行寄りの場合のように優しく「抱えられる」と同時に、それによって辛い「分離」の直視と受容が可能になるという、両極を含む表現である。具体的にみてみよう。

『ねじまき鳥クロニクル』第２部の最後で、トオルは区営プールで泳ぎながら、自分が巨大な井戸の中にいるという幻を見る。その幻覚は、母胎回帰の直接的表現というべきものを含んでいる。

井戸は恐ろしく深かった。じっと開口部を見上げていると、いつのまにか頭の中で上下の位置が逆転して、まるで高い煙突のてっぺんからまっすぐに底を見下ろしているみたいな感じがした。でも僕は本当に久しぶりに静かで安らかな気持ちになることができた。僕は水の中にゆっくりと手足を伸ばし、大きく何度か呼吸をした。僕の身体は内側から温かくなり、まるで何かにそっと下から支えられているみたいに軽くなった。僕は囲まれ、支えられ、守られているのだ。（『ねじまき鳥クロニクル』第2部〔全作品〕五三七―五三八頁）

頭を下にして浮かんでいて下方に出口があるというこの状況は、母胎内の胎児と同じである。「静かで安らかな気持ち」、「水の中にゆっくりと手足を伸ばし、大きく何度か呼吸」したこと、「身体は内側から温かく」、「下から支えられているみたい」、「囲まれ、支えられ、守られている」といった描写も、母胎内を思わせる。

ウィニコットの考える母子関係の基本である「抱えること」は幼児に安心感をもたらすものだが、ここで描写されているのは母胎回帰そのものの状況で「抱え」られている安心感である。先ほどの「いるかホテルの夢」同様、トオルは「いつのまにか」、「囲まれ、支えられ、守られ」

ているという受身のオートマティズムに従っている。

その後、太陽表面の「黒いあざ」や馬の鳴き声など、五感を通して伝わる幻覚が長い時間をかけてゆっくり進み、やがて花の匂いから前章で取り上げたホテルのような場所の２０８号室の連想が湧く。トオルはその部屋にいる女の「あなたの中には何か致命的な死角があるのよ」という言葉を思い出し、自分が見逃していたのは、「〔２０８号室の〕あの女はクミコだったのだ」、クミコは自分にメッセージを送ろうとしていたのだ、ということだと気づく。その後、「まわりの水がその温かみを急速に失い、クラゲの群れのようなぬるぬるとした異形のもの」に取り巻かれる（以上『ねじまき鳥クロニクル』第2部［全作品］五四一頁。〔　〕内引用者）。

> 僕は自分がその部屋で目にしたものをありありと思いだすことができた。誰かがドアをノックする硬く乾いた音は耳にまだ焼き付いていたし、廊下の明りを受けた白いナイフの一瞬のきらめきは、今でも肌を粟立たせた。それらはおそらくクミコという人間のどこかに潜んでいた光景だったのだ。そしておそらく、あの暗黒の部屋はクミコ自身が抱えていた暗闇の領域だったのだ。唾を呑み込むと、空洞を外から叩いたような大きな虚ろな音がした。僕はその空洞を恐れ、同時にその空洞を満たそうとするものを恐れた。

（『ねじまき鳥クロニクル』第2部［全作品］五四一‐五二四頁。傍線引用者）

「空洞」、「虚ろ」などの表現は、この本で論じてきた空虚感に通じる。それはトオルが認識した「クミコ自身が抱えていた暗闇の領域」という未知の部分がかき立てた分離の不安であり、その「空洞」に関わるものをトオルは恐れる。しかし、母胎回帰的な状況に「抱え」られながら、トオルは恐怖や不安と向き合うことができた。

まわりの水が少しずつ温かみを取り戻し、それにつれて身体の奥底から喜びにも似た生々しい感情がわきあがってくるのが感じられた。（中略）［彼女は］必死に何か大きな秘密のようなものを僕に伝えようとしていたのだ。

そう思うと、僕の胸は熱くなった。それまで僕の中で凍りついていたいくつかのものが、突き崩され、溶けていくのが感じられた。様々な記憶や思いや感触がひとつになって押し寄せ、僕の中にあった感情のかたまりのようなものを押し流した。溶けて押し流されたものは、静かに水と混じりあい、僕の身体を闇の中で淡い膜でやさしく包んだ。

（『ねじまき鳥クロニクル』第2部［全作品］五四二頁。傍線・［　］内引用者）

トオルの感じていた分離の空虚は、まわりの水の温かみの中で「喜びにも似た生々しい感情」に置き換わっていく。第1部2章では「ひとりの人間が、他のひとりの人間について十全に理解するというのは果して可能なことなのだろうか。」（『ねじまき鳥クロニクル』第1部［全作品］四三頁）という全能感の裏返しのような疑問にとらわれていたトオルは、ここでは胎内的状況に守られながら、「暗黒の部屋」などに例えられる理解できない部分をもち、それにとらえられて傷ついている他者として妻を気づかい、それとともに「感情のかたまりのようなもの」が自然に溶けて流されていくのを感じる。つまり、クミコはトオルにとって自分と一体の「全能の母親」のような存在ではなく、未知の部分をもつ他者であるという距離感が、傍線部にあるように水膜というオブジェに吸収された状態で受け入れられた存在になったのである。

クリステヴァは男女の結婚生活について、分離の受容に欠かせないとウィニコットが述べた「誰かと一緒にいてしかも一人でいる体験」（「一人でいられる能力」三一頁）を念頭に置いた、「それぞれ別々に一緒に」（separately together）という言葉で表現している（*Marriage as a Fine Art*, p.Ⅻ）。村上春樹が先ほどの井戸の幻覚の場面で描いたものも、それと同様であるといえるだろう。つまり、村上春樹が描くエディプス的ともみえる男女の関係（この場合クミコを求めるトオルの間に入るノボルという三角関係）には、空虚感が安心に包まれて保持されるという、前エディプス的なナルシシズム達成が含まれているのである。

ナルシシズムとはすでにみたように、自己満足に浸る心境ではなく、心に取り込まれた保護的かつ分離的な存在が、空虚感を覆って耐えうるものにしている状態である。ここでのトオルを包む闇の中の薄い液体の膜も、そのような覆いの役割を果たしている。この場面は、母胎内の安心感と、分離の不快の受容、そこからの他者との適切な距離感に至るといった要素が含まれる、完全な形のナルシシズム＝メタファーである。

次に第1章でも論じた、『海辺のカフカ』の森の中の町で、カフカ少年が母親かもしれない佐伯さんの血を飲む場面を、メタファーに注目しながらみてみよう。

森の中の町は、たまたまその時入り口が開いていた、生と死の狭間の異空間である。カフカ少年は恐怖と向き合って森の中を進み、自分自身の内面が形になったようなその町に着く。その町には、死の世界に向かう佐伯さんもいて、カフカ少年に自分が彼を捨てたことをゆるすかと尋ねる。

「ねえ、田村くん、あなたは私のことをゆるしてくれる？」

「僕にあなたをゆるす資格があるんですか?」

彼女は僕の肩に向かって何度かうなずく。「もし怒りや恐怖があなたをさまたげないのなら」

「佐伯さん、もし僕にそうする資格があるのなら、僕はあなたをゆるします」と僕は言う。

お母さん、と君は言う、僕はあなたをゆるします。そして君の心の中で、凍っていたなにかが音をたてる。

(『海辺のカフカ』下、三八二頁)

ここでカフカ少年と佐伯さんが話しているのは、母に捨てられた「怒りや恐怖」が、「ゆるす」という心の安定と結びつくかどうかという、この本でも取り上げてきたポイントである。そして、ゆるすというカフカ少年の言葉を受けて、「凍っていたなにか」と表現されているカフカ少年の「怒りや恐怖」を覆っていた殻が砕け、さらに佐伯さんがヘアピンで左腕の静脈を刺し、こぼれた血をカフカ少年が吸う。

僕は身をかがめて、小さな傷口に唇をつける。僕の舌が彼女の血をなめる。僕は目を閉じてその味を味わう。僕は吸った血を口にふくみ、ゆっくりと飲みこむ。僕は喉の奥に彼女の血を受け入れる。それは僕の心の乾いた肌にとても静かに吸いこまれていく。自分がどれほどその血を求めていたか、はじめてそのことに思いあたる。

（『海辺のカフカ』下、三八二―三八三頁）

クリステヴァが授乳などを求める幼児的懇願と述べた一次ナルシシズムの母子融合的な面が、「母の血を飲む」という直接的な形で実現している。そしてその融合体験は、佐伯さんが死の世界に去った後の喪失感へとつながるので、ここには分離の受容という要素が含まれている。

でも佐伯さんは戻ってこない。そこにはただ不在というかたちが、くぼみのように残されているだけだ。（中略）テーブルの上の彼女のカップには、まだ少しハーブ茶が残っている。僕はカップには手を触れず、そのままにしておく。そのカップは、やがて失われるはずの記憶の隠喩のように見える。

（『海辺のカフカ』下、三八三―三八四頁）

残されたティーカップが「やがて失われるはずの記憶の隠喩」と表現されているが、このカップは「母親からの分離」を含んだ融合的満足という、ナルシシズム本来の形を体現したメタファーである。

ナルシシズム=メタファーと私が呼ぶものには、以上のような完全な形のものがある一方、全能感や安心感、それと裏腹の混乱や不安を、一連のプロセスから切り離した形の表現もある。次に村上春樹の様々なレトリックに焦点を当てて、ナルシシズムという根源的な心理の様々なタイプの表現について、考えてみよう。

3　退行的満足の表現

温かい泥

ナルシシズムは「空虚」の覆いであり、ナルシシズム=メタファーと私が呼ぶものは、それを作中に再現する比喩表現である。これからみていくのは、「空虚」を覆うために母親的に「抱える」部分だけが切り離されている例である。

『ねじまき鳥クロニクル』第1部の最後の方で、いたずら電話の女（208号室の女と同一人物）の言葉の中に「温かい泥」という言葉が出てくる印象的な場面がある。ここでは母親的温かみを希求する幼児の懇願が全面的に叶えられるかのような、退行への誘いがみられる。ナルシシズムの一面である「抱えること」に特化したもので、分離を直視して受容するのではなく、分離を糊塗する偽装という面が強い表現である。

いたずら電話の女の声は「あなたが何もしなくてよくて、何も責任を持たなくてよくて、私がぜんぶやってあげるの」と語りかける。これは母親に完全に依存して生存している退行状態への誘いである。続いてその状態は、「温かい泥」の比喩につなげられる。

温かい春の昼下がりに柔らかな泥の中にごろんと寝ころんでいるみたいに（中略）眠るように、夢を見るように、温かい泥の中に寝ころんでいるように……。奥さんのことも忘れなさい。失業のことも将来のことも忘れてしまいなさい。

（『ねじまき鳥クロニクル』第1部［全作品］一九九頁）

この印象的なセリフは、第2部でも、ほぼ同じ形で二回出てくる、物語の鍵となるセリフである。ここで使われているのは、「みたいに」、「ように」という直喩だが、春の昼下がり・眠り・夢・柔らかな泥などのイメージを、奥さんのこと・失業のこと・将来のことなどの現実的問題を放棄した退行心理に結びつける、実質的にメタファーと呼べる表現である。

「奥さんのこと」などのトオルの実生活での気がかりを、全面的に引き受けて依存させることの「温かい泥」の比喩は、幼児的全能感を満たすことに終始する、部分的なナルシシズム＝メタファーである。幼児的全能感の傷つきは、「抱え」られることで徐々に受け入れられ、やがて全能感は「ほどよい」現実認識に変わらなければならない。そうでなければ、全能感の裏面である破滅恐怖をあわせもつ脆弱な自己になる。

電話の女は続いて「私たちはみんな温かな泥の中からやってきたんだし、いつかまた温かな泥の中に戻っていくのよ。」（『ねじまき鳥クロニクル』第１部〔全作品〕一九九頁）と言うが、このセリフは誕生と死を連想させる。つまり、不吉な死のイメージを含む退行の比喩なのである。

精神分析家のオットー・カーンバーグは『内的世界と外的現実』で、「自己と対象の分化」の最初期の融合感に触れて次のように述べている。

まず始めに来るのはジェイコブソンの用語で言えば心的同一化への、またマーラーの用語で言えば共生的発達段階への、固着ないしは退行である。ここでは、非自己から自己の分化が廃滅されて、自己表象と対象表象が再融合している。ここには、ただ、理想化された恍惚的混合状態と恐ろしい攻撃的混合状態とがあるばかりである。

（『内的世界と外的現実』一四四－一四五頁。訳文一部改変）

ジェイコブソンやマーラーといった理論家の考える早期幼児期の自他未分化の段階に触れて、それが退行的満足と不安の二極分化した内的世界であることを説明している。「温かい泥」の場面も、同様の溶け合うような融合感と死の不安の表現となっている。

「抱き合う」という表現

ウィニコットが「抱えること」(holding)と呼ぶものには、この言葉が「抱っこ」とも訳されることからもわかるように、直接の身体的接触によって安心感を覚えることも含まれる。ナルシシズム＝メタファーのバリエーションには、この意味での「抱えること」に当たる内容を、登場人物が抱き合うという形で表現するものもある。これは村上春樹に限らず、他の作家にもよくみられるものである。

例えば梨木香歩『裏庭』では異世界で心理的に成長した主人公の少女が現実に戻ってから、うまくいっていなかった家族の関係が好転し、母親に抱きしめられる場面がある。

照美の方はそんなことをされたのは初めてなので、自分でも顔が赤くなったのがわかった。どきどきした。おまけにパパまで一瞬だったけれど、ママごと頭をぎゅっと抱いてくれたのだ。（中略）

「ああ、そうだ、ママ。妙さんが、ママにって……」

照美は自分からもママに抱きついた。

（『裏庭』三九二–三九三頁）

妙さんというのは異世界で照美が会った死んだ祖母で、娘である照美の母親に優しくできなかったことを悔いて、「これはママへ」と言って照美を抱きしめたのである。照美は祖母の思いも合わせて、母親を抱擁した。これは身体的と同時に心理的に、ウィニコット的意味でお互いに「抱え」合うことで、心の支えとなる例である。

村上春樹作品では、『世界の終りとハードボイルド・ワンダーランド』の地下での計算士と少女の抱擁の場面が、お互いの不安を慰撫する「抱え」の典型的表現である。

地下のやみくろという怪物の領域で案内役の十七歳の少女と抱き合いながら、主人公の計算士は「我々は抱きあうことによって互いの恐怖をわかちあっているのだ。そして今はそれがいちばん重要なことなのだ。」と考える。少女の乳房が押しつけられ、「柔らかな舌があたたかい息とともに」口に入り込むという描写は、「いるかホテルの夢」にあったホテルの「鼓動や温もり」と同質の内容が、性的でもあり、幼児期の授乳のような口唇的満足でもあるような形で表現されているものだ。彼女が体から離れた時「まるで一人宇宙空間にとり残された宇宙飛行士のように、底のない」絶望感に襲われたという比喩は、分離不安の底なしの恐怖の例えであり、ナルシシズム不成立の表現である（以上の引用は『世界の終りとハードボイルド・ワンダーランド』三〇九頁）。

性的な形で表現される「抱えること」は、村上春樹の中編「双子と沈んだ大陸」でもみられる。『風の歌を聴け』から始まる初期三部作の「僕」が、この中編の主人公である。「僕」は一緒に暮らしていた双子の女の子たちと離れた空虚感にとらわれるのだが、悪夢にうなされることを話す「僕」を、行きずりの女がホテルで慰める。その悪夢とは、ガラス張りの近代的なビルの中で、双子がレンガの壁に挟まれて閉じ込められていくのを「僕」は外から見ていて、何とか彼女らにそれを伝えようとするのだが、「そこにはガラスの壁があって、僕には誰かに何かを伝えることができない。」（「双子と沈んだ大陸」［全作品］一二六頁）というものである。これは現代社会のコミュニケーションの断絶をガラス張りのビルというオブジェで表した、わかりやすい表現である。同じく建物を使った「いるかホテル」というメタファーが安心感を基調としているのに対し、この双子を閉じ込めるビルは、「巨大な金魚鉢みたい」（「双子と沈んだ大陸」〔全作品〕一二六頁）と「金魚」という水中の生き物のメタファーで表現されていても、退行の安心感とは無縁の悪夢である。

この夢の話を聞いた女は、乳房を「僕」の腕につけるという直接的な身体的接触によって主人公を慰める。先ほどみた、やみくろの領域の案内役の少女も、乳房を押しつけることで主人公の恐怖を解消する。これらのエピソードには、主人公の空虚感を、女性キャラクターが身体的かつ心理的に「抱える」という共通性がある。

「双子と沈んだ大陸」では、さらに女が「僕」の手を陰部にもっていくと、「ヴァギナは暖かく湿って」いて、「僕」は気持ちは引き立てられなかったが、少しだけ不思議な気持ちになったという（「双子と沈んだ大陸」〔全作品〕一二七頁）。この「暖か」さは、「温かい泥」と同じ系統のイメージで、逆に考えると「温かい泥」のメタファーにも性的なニュアンスがあるのではないかと思える。メタファーとしての「ホテル」も、同様である。

女が服を着て髪をとかすと、「僕」は「鏡の前に立って髪をとかしているときの女は誰もみんな同じように見える」、「どこにでもある安っぽいホテル」（「双子と沈んだ大陸」〔全作品〕一二七頁）と否定的な気分になる。「抱えて」もらった相手が離れた不満が投影されている表現だと考えると、主人公は分離の不快を自分の中でうまく保持できていないということになる。

以上、「抱き合う」ことに関連する様々な表現が、ナルシシズムの「抱える」面のメタファーとなっている例をみてきた。こうした表現は「空虚」を保持する助けになるものだが、それが単に「抱えられる」にとどまるならば、分離の受容を表す完全形のナルシシズム＝メタファーとは異なるものである。

『ダンス・ダンス・ダンス』の異空間

すでにみた『ダンス・ダンス・ダンス』の羊男のいる異空間も、主人公がそこに「含まれている」というメタファーの例である。

北海道に来た主人公は、ホテルの受付のメガネの女の子（後でユミヨシさんという名前だとわかる）を食事に誘うが、スイミング・スクールを理由に断られる。

「明日はスイミング・スクールに行くの」

「スイミング・スクール」と僕は言った。そして微笑んだ。「古代エジプトにもスイミング・スクールがあったの知ってる？」

（『ダンス・ダンス・ダンス』上、一二三頁）

余裕をみせて微笑んではいるが、これは主人公と欲望の対象との間にスイミング・スクールの教師という第三者が入り込んだ、ストレスとなる構図である（『ねじまき鳥クロニクル』のトオルとクミコの間にノボルらしき男が割って入る、２０８号室の構図と同じである）。主人公は自分の失望を否認しているようだが、その不満が「スイミング・スクール→エジプトのファラオが出てくるハリウッド映画→羊の皮をかぶった予言者→羊男」といった内容を含む数ページにわたる自由連想風の空想となって主人公に現れる。エレベーターを降りた主人公が羊男という共感的存在が慰めてくれる異空間に入り込むのは、この一連の空想の結果とみることができる。

つまりここでは自由連想で明らかになった分離不安が治療されるという、カウンセリングや精神分析の現場でも起こりそうな状況が描かれているのだ。

主人公は羊男に、自分が誰かを真剣に愛すという心の震えを失い、体が固まってこわばっていくという不安を語る。それに対して羊男はこう答える。

「大丈夫、心配することはないよ。あんたはいるかホテルに本当に含まれているんだよ」と羊男は静かに言った。「これまでもずっと含まれていたし、これからもずっと含まれている。ここからすべてが始まるし、ここですべてが終わるんだ。ここがあんたの場所なんだよ。それは変わらない。あんたはここに繫がっている。ここがみんなに繫がっている。ここがあんたの結び目なんだよ」

（『ダンス・ダンス・ダンス』上、一四五頁）

主人公の暮らす日常は、作中で「高度資本主義社会」と呼ばれる、便利で派手だが人が心から欲しているものは切り捨てられがちな世界である。日本が二十世紀後半に高度成長を経て到達した「高度資本主義社会」の特徴を、作中ではあらゆるものが「経費で落ちる」という言い方で皮肉に表現している。人はエディプス期に同一化した内的な「父」にうながされ、そうした社会に適応するための競争に駆り立てられる。

それに対して羊男のいる空間は自分の存在の根源である、早期幼児期の「抱え」てもらえる空間である。先ほどの「温かい泥」やここでの「含まれている」、「繫がっている」など、村上春樹は特定の言い回しに、こうした幼児的願望をうまく込めて使うことが多い。

この場所と同様の特徴が、『世界の終りとハードボイルド・ワンダーランド』の計算士の「意識の核」の世界にもある。「意識の核」の世界とは、計算士の無意識領域（作中では深層心理と呼ばれている）を、登場人物であるマッド・サイエンティスト風の博士が、脳手術で表層の意識から分離し固定したものである。博士はその場所は、「あんた自身が作りだしたあんた自身の世界です。あんたはそこであんた自身になることができます。そこには何もかもがあり、同時に何もかもがない。」（『世界の終りとハードボイルド・ワンダーランド』四三三頁）と言っている。現実に対比される、自らの内面とリンクした世界が、このように村上春樹作品にはしばしば登場する。

しかし、先ほどの羊男のいる空間は、単に「含む」だけでなく「あんたはここに繋がっている。ここがみんなに繋がっている」という、他者に繋がっている「結び目」でもある。つまり、引用の羊男の言葉には、「含む」から現実へ「繋ぐ」へという変化が凝集されていて、完全形のナルシシズム＝メタファーに近いものになっている。

もう一度繋がりたいという主人公に対し、羊男は「あんたをその何かにうまく結びつけるためにできるだけのことはやってみよう」（『ダンス・ダンス・ダンス』上、一四九頁）と言う。羊男は主人公の不満をカウンセラーのように傾聴することで、「抱える」と同時に、主人公がうまく居場所を見つけられずにいる現実へ復帰する道を示す、「想像的な父親」のような存在である。

羊男のいる異空間から戻った主人公の周囲の状況は、変化し始める。スイミング・スクール妄想の対象であった受付嬢のユミヨシさんが部屋に来るようになり、母親にホテルに置き去りにされたユキという美少女を、ユミヨシさんの依頼で東京に送ることになる。

次に全能感や退行の表現の裏面である、不安や恐怖の表現をみてみよう。

4　安心が壊れたことの表現

井戸の底の暗黒

前章でも述べたが、ナルシシズムが覆っている「空虚」自体は、依然として心を脅《おびや》かす恐ろしいものであることに変わりはない。その恐怖がナルシシズムのもたらす安心感から切り離されて表現されたものも、ナルシシズム＝メタファーの一種と考えることができる。

『世界の終りとハードボイルド・ワンダーランド』の地下のやみくろの領域の描写に、極度の恐怖の表現がみられる。計算士がやみくろの領域を横切って博士の隠れ家から帰る途中、案内役の博士の孫娘が気をつけるように注意した直後、周囲の壁が消失して「濃密な闇の空間」、「生きて呼吸をし、蠢いて」いるような「ゼリーのようにどんよりとした不気味な闇」が現れる。やみくろの声は「憎悪のやすり」と表現されている（『世界の終りとハードボイルド・ワンダーランド』四五八-四五九頁)。隠喩と直喩が混在しているが、いずれも「やみくろ」という形の判然としない怪物への恐怖の比喩である。

『ねじまき鳥クロニクル』第2部でトオルが井戸の底に降りる場面にも、同様の暗闇の恐怖の描写がある。トオルはいなくなった妻のクミコとのこれまでのことを考えるために、家々の裏庭を結ぶ「路地」と呼ばれる小径沿いにある空家の涸れ井戸に潜る。「路地」は飼っていた猫が行方不明になった時、クミコが探しに行くように頼んだ場所である。知り合いの予知能力のある本田さんの言葉にも、次のようなものがある。

> 下に行くべきときには、いちばん深い井戸をみつけてその底に下りればよろしい。流れのないときには、じっとしておればよろしい。流れにさからえばすべては涸れる。すべてが涸れればこの世は闇だ。
>
> (『ねじまき鳥クロニクル』第1部〔全作品〕八四頁)

涸れる、井戸、下りる、闇というキーワードがそろっているが、このように関連を暗示する箇所はあるものの、トオルがわざわざ井戸に潜ることの合理的な説明はない。しかし、トオルは縄ばしごを使って、一段ずつ井戸の暗闇という非日常の領域に入っていく。

慎重に安全を確かめながら降りるトオルだが、途中で「いくらなんでもこんな深い井戸があるものか。ここは東京の真ん中なんだ。僕の住んでいる家のすぐ裏なんだ」（『ねじまき鳥クロニクル』第2部〔全作品〕三二七頁）という非現実感をともなう恐怖に襲われる。その後、近所に住む笠原メイが「せっかくそこに考えごとをしに入ったんだから、あなたがもっとその考えごとに集中できるようにしてあげましょうか」（『ねじまき鳥クロニクル』第2部〔全作品〕三七八頁）と言って、井戸の蓋を閉める。「完璧な暗黒」に取り残されたトオルは、極度の恐怖に襲われる。

> 僕はその完璧な暗黒の底にしゃがみこんでいた。目にすることのできるのは無だけだった。僕はその無の一部になっていた。僕は目を閉じて自分の心臓の音を聞き、血液が体内を循環する音を聞き、肺がふいごのように収縮する音を聞き、ぬめぬめとした内臓が食べ物を要求して身をくねらせる音を聞いた。
>
> （『ねじまき鳥クロニクル』第2部〔全作品〕三八〇頁）

日常から非日常へ。外の世界と井戸の中との落差は、単に位置が変わったというより、次元の違う異空間に入り込んだようである。トオルは自分の内臓と一体となったような「無」の中にいるが、それは自分の心の中に入ることでもあり、暗闇であれこれ思い出すうちに思考がオートマティズム的に展開し、怒りが増大する描写がある。

疲労も空腹感も不安も何もかもかすんでしまうくらいの怒りが僕を捉えた。それは僕の体を震わせ、息を荒くさせた。心臓が音を立て、怒りが血液にアドレナリンを供給した。（中略）現実から隔絶された真っ暗な井戸の底で、その記憶はあまりにも鮮やかによみがえり、意識をじりじりと焼いた。

（『ねじまき鳥クロニクル』第２部〔全作品〕三九五頁）

数年前に仕事場で起こった些細な出来事への怒りが、このように状況にそぐわない激しさでエスカレートしたのは、井戸の闇の中で無意識から浮上してきた、トオルの喪失感が重なっているからだと考えられる。それはクミコがいなくなったこととも関わるが、より根源的な、幼児期の分離に由来する感情で、クリステヴァがアブジェと呼んだようなものである。

アブジェ（次の引用ではアブジェクトだが、すでに述べたように同じものである）について、クリステヴァはこう書いている。

［幼児は］アブジェクトに囲繞《いじょう》された自分の領土《テリトリー》を作り上げる。神聖不可侵の版図。別の世界が吐き出され、押しのけられ、失墜の憂き目にあったあと、この別の世界との境界地帯の防柵を恐怖が仕上げる。母性愛の代わりに子供が呑み込んだものは空無である。

（『恐怖の権力』一〇頁。［　］内引用者）

「別の世界」とは、完全と錯覚されていた母親との、融合的な世界である。それが幻想であると気づき、第1章でみたように「想像的な父親」によってその苦痛が緩和されることもなかった場合、この引用のような状態になる。アブジェは「おぞましいもの、忌避されたもの」などと訳されるが、この引用からわかるように、外部にある「おぞましいもの」ではなく、自分自身の一部であることを否認した結果、より悪化した「おぞましさ」である。村上春樹の井戸の闇に関わる描写も、このような心的状況の表現である。

「ない」の表現

村上春樹作品では、不在や無感覚が否定形によって表されて、分離の空虚感の表現となっていることも多い。「〇〇がない」という書き方だが、「〇〇」の部分が直接的ではなく暗示的で曖昧に表現される。

例えば『スプートニクの恋人』に次のような部分がある。

まるでぬけがらみたいだ――それが彼女に対してまず最初に感じた印象だった。ミュウの姿はぼくに、人々がひとり残らず去ってしまったあとの部屋を思わせた。なにかとても重要なものが（それは竜巻のようにすみれを宿命的に引き寄せ、フェリーのデッキにいるぼくの心を揺さぶったなにかだった）、彼女の中から最終的に消滅していた。そこに残されているいちばん重要な意味は存在ではなく、不在だった。

（『スプートニクの恋人』［全作品］四七〇頁）

失踪した友人のすみれを追って、ミュウという社会的に成功した女性（韓国籍で日本育ち）に会った時の主人公の印象である。「ぬけがら」、「人々がひとり残らず去ってしまったあとの部屋」は「不在」を表しているが、何がないのかは「なにかとても重要なもの」としか書かれていない。ミュウから消えた「なにか」のせいで、すみれはミュウに竜巻に引き寄せられるように惹かれて恋に落ち、主人公の心も揺さぶられた。つまりこの「不在」には逆説的な魅力があり、それはこの本でいう幼児期の空虚感と関係があるだろう。

こうした「ない」の表現は、近年の作品『騎士団長殺し』でも、さらに意識的に使われている。

主人公の「私」は、対象の目に見えない本質のようなものをつかみ出して絵にする能力をもつ、優秀な肖像画家である。冒頭、主人公は過去に会ったことのある「顔のない男」という異世界のキャラクターに、肖像画を依頼される。顔がないという「不在」を肖像画という形あるものに結びつけるというのは、この本でいうメタファー的結合だが、この小説では「ない」ものの表現へのこだわりがほかにも随所にみられる。

「私」が「顔のない男」に会ったのは、行方不明になった知り合いの少女まりえを探すために、「メタファー通路」に入った時である。『騎士団長殺し』では、プラトンのいう永遠不変の価値であるイデアや、この章で取り上げたメタファーのような実体のないものが、モーツァルトの『ドン・ジョバンニ』の一場面を描いた『騎士団長殺し』という絵に描かれた人物の形を取って出現する。イデアは騎士団長、メタファーは主人公が「顔なが」と名づけた細長い顔の人物の姿で現れる。メタファーである「顔なが」を使って、主人公は「メタファー通路」に入ることができた。「顔なが」は次のように言う。

それから必ずどこかで川に出くわすはずです。メタファーでありながらも水は本物の水であります。流れは冷たく速く、深いのだ。舟がなくてはその川は渡れない。舟は渡し場にあります

（『騎士団長殺し』第2部、三三七頁）

この川は「メタファー通路」の旅で「無と有の狭間」の川と呼ばれている。つまり、「メタファー通路」は、村上春樹が目に見えない領域を形にするために彼の作品で昔から使ってきたメタファーが、空間として形になったような領域である。「ない」ものと「ある」もの、不在と存在をつなげる場所であり、この川が「無と有の狭間」と呼ばれるのも、そのためである。

「顔のない男」はこの川の渡し守で、冒頭のエピソードでは渡し賃として受け取ったペンギンの人形を肖像画と引換えに返しに来た。ペンギンの人形は、行方不明の少女まりえの携帯ストラップに付いているもので、いわば「不在」を表すオブジェであった。それが「無と有の狭間」を渡るのに効果を発揮したわけである。

ほかにも様々な形で、「ない」ものと「ある」ものへのこだわりが表現される。イデアが実

体化した騎士団長の独特のしゃべり方もその一つである。彼は例えば次のように言う。

「雨田具彦の『騎士団長殺し』の中では、あたしは剣を胸に突き立てられて、あわれに死にかけておった」と騎士団長は言った。「諸君もよく知ってのとおりだ。しかし今のあたしには傷はあらない。ほら、あらないだろう？

（『騎士団長殺し』第1部、三四九頁）

自分がその姿を取った『騎士団長殺し』の絵に描かれていた傷が、自分にはないことを説明するセリフである。一人称は「あたし」、二人称は「諸君」というのも変だが、ここでは「～ではない」を「～ではあらない」と言う騎士団長の口癖に注目したい。これ自体が、実在（ある）と不在（ない）の結合になっている。

重要キャラクターの免色さんの名字も、仏教でいう色即是空の「色」つまり「実在」を「免」れているという意味と解釈できる。ペンギンの人形というオブジェが、「メタファー通路」の川の渡し賃という形で、有と無を結合するように、免色さんの名前の「渉」は、不在（免）と実在（色）の間を往き来する（渉）という意味になる。

二重メタファー

こうした「不在」が形を取って現れたような存在として、主人公の私を脅《おびや》かす、白いスバル・フォレスターに乗る中年男という不気味なキャラクターが出てくる。この男は主人公が「メタファー通路」を旅する時に、「二重メタファー」と呼ばれる危険な怪物として現れる。二重メタファーとは「顔なが」によると「奥の暗闇に潜み、とびっきりやくざで危険な生き物」(『騎士団長殺し』第2部、三三六頁)で、「メタファー通路」で主人公を追っている時は、「ぬめりのある冷ややかな何か」と形容される触手で主人公に触れ、「形容のしようのない恐怖」を与える(『騎士団長殺し』第2部、三八一頁)。

ビオンはなだめられないままの分離の不快は、幼児が知覚できない「言いようのない恐怖」になると述べ、クリステヴァはすでにみたように、ナルシシズムの不成立が生むものをアブジェ(おぞましいもの)と呼んだ。二重メタファーの恐怖は、こうした内部にあって自分と分かちがたく存在するが、怖くてそれを認識できないようなタイプの恐怖である。

実際、物語の途中で、主人公は自分が白いスバル・フォレスターの中年男だという夢を見る。

私は宮城県の海岸沿いの小さな町で、白いスバル・フォレスターのハンドルを握っていた

（それは今では私の所有する車になっていた）。私は古い黒い革ジャンパーを着て、ＹＯＮＥＸのマークがついた黒いゴルフ・キャップをかぶっていた。（中略）つまり私が「白いスバル・フォレスターの男」だったのだ。

（『騎士団長殺し』第１部、五〇三頁）

この自身の内なる邪悪な存在は、前章でも触れた「悪い」父親的キャラクターであると考えられる。その理由を説明しよう。

「顔ながが」を呼び出すための犠牲として、騎士団長の指示に従って、主人公が騎士団長を包丁で刺し殺す場面がある。そこで騎士団長は「邪悪なる父」という言葉を使う。

「諸君にはそれができるはずだ。諸君が殺すのはあたしではあらない。諸君は今ここで邪悪なる父を殺すのだ。（中略）

「諸君にとっての邪悪なる父とは誰か？」と騎士団長は私の心を読んで言った。「その男を諸君はさきほど見かけたはずだ。そうじゃないかね？」

（『騎士団長殺し』第２部、三二一―三二三頁）

主人公が先ほど見かけた男というのは、白いスバル・フォレスターの中年男である。正確には男の乗っている白いスバル・フォレスターを見かけただけだが、主人公は同じ車だと確認してぞっとする。

> やはり宮城ナンバーだった。そしてリアバンパーにはカジキマグロの絵を描いたステッカーが貼ってあった。あのときに見たのと同じ車だ。間違いない。あの男がここにやってきたのだ。背筋が凍りつくような感覚があった。
>
> （『騎士団長殺し』第２部、二八五頁）

つまり、騎士団長のいう「邪悪なる父」とは、二重メタファーである白いスバル・フォレスターの中年男のことなので、この男は主人公を内側から脅《おびや》かす「悪い」父親的キャラクターと考えられる。

このように村上春樹は、ナルシシズムの裏面ともいうべき実体をもった恐るべき「不在」を、様々なレトリックを駆使して描いているのである。

5　他のいくつかのメタファー

この章の最後に、これまでみてきたもの以外の特徴的なメタファーを、ナルシシズムとの関わりでいくつか取り上げてみよう。

象

村上春樹作品の象は、失われた良きもののメタファーである。「象の消滅」では、動物園で飼育員とともに「消滅」した象の話が、「便宜的な」世の中で広告代理店に勤める主人公の口から語られる。象は脱走したのでも盗まれたのでもなく、目撃者の主人公の前でゆっくりと縮んで、やがて消灯した象舎から「消滅」したと考えられるのだが、経済的合理性にとりつかれている町の政治家やマスコミなどは、そうした常識の範囲外の可能性を排除する。

主人公は仕事で知り合った女性に、自分が目撃した象の「消滅」について語る。消えていった象と飼育係の関係には、作中で繰り返される「便宜的」という言葉で形容される社会とは対照的な「親密さ」があった。町から消えて失われたのは、その幼児期の母子のような「親密さ」

であると考えられる。

この話をした女性は前にみた「双子と沈んだ大陸」のホテルの女とは違って、主人公を心理的身体的に「抱え」てケアすることはない。親密さの消えた便宜的な社会で、主人公はシニカルに生き続ける。社会的でエディプス的な適応は、ここでは単に親密さへの欲望をごまかしながら生きる「偽りの自己」（ウィニコット）になっている（「偽りの自己」については、次章で詳しく触れる）。

「踊る小人」では、象の工場というシュールな場所が描かれている。この奇妙なダーク・ファンタジーのような中編では、主人公は不足している象を人工的に作る工場で働いている。それは「一頭の象をつかまえてきてのこぎりで耳と鼻と頭と胴と足と尻尾に分断し、それをうまく組み合わせて五頭の象を作る」（「踊る小人」〔全作品〕三〇六頁）という象の「水増し」である。

象が失われた「母親」ならば、工場でそれを製造する工程は、幼児期の同一化により「想像的な父親」が内界に据えられるプロセスと重なる。つまりこの「象工場」はナルシシズム＝メタファーなのだが、「水増し」という表現にうさんくささがつきまとう。

図書館

図書館は、『世界の終りとハードボイルド・ワンダーランド』、『海辺のカフカ』など多くの作品で、重要な意味を帯びた場所として登場する。

『世界の終りとハードボイルド・ワンダーランド』では、偶数章の主人公である夢読みの図書館での生活ぶりが、次のように描かれている。

僕は毎日彼女と顔を合わせていたが、その事実も僕の中の空白の広がりを埋めることにはならなかった。僕が図書館の一室で古い夢を読んでいるとき、彼女はたしかに僕のとなりにいる。我々は一緒に夕食をとり、温かい飲み物を飲み、それから僕は彼女を家に送る。我々は歩きながら様々な話をする。彼女は父親や二人の妹や日々の生活について語る。

しかし彼女を家まで送りとどけて別れてしまうと、僕の喪失感は彼女と会う前よりもっと深くなっているように感じられた。僕にはそのとりとめのない欠落感をどのように処理することもできなかった。その井戸はあまりにも深く、あまりにも暗く、どれほどの土もその空白を埋めることはできないのだ。

（『世界の終りとハードボイルド・ワンダーランド』二一三頁）

このように「空白」、「欠落」、「喪失」などの、この本でいう「空虚」の表現が目立つ。「彼女」(夢読みの助手)との図書館での日常は、夢読みを包んでくれる穏やかなものだが、クリステヴァのいう空虚の覆いとしてのナルシシズムには至っていない。

しかし、この情景は、『海辺のカフカ』の甲村記念図書館や、森の中の町での佐伯さんとの対話に受け継がれていく。そこではすでにみたように佐伯さんの血を飲む場面が完全形のナルシシズム=メタファーになっている。『図書館奇譚』のようなダークな寓話風の物語もあるが、村上春樹作品の図書館は、おおむね主人公が空虚を保持する助けとなる場所といっていいだろう。

甲村記念図書館は、すでに何度か触れたように、ナルシシズムとの関連がわかりやすい。カフカ少年は幼児が母親を独占するように閲覧室を「ひとりじめ」にして、「その部屋こそが僕が長いあいだ探し求めていた場所」であり、ここは「世界のくぼみのようなこっそりとした場所」だと感じる。「世界のくぼみ」は「いるかホテル」のような母胎回帰的なイメージである。館長であり、カフカ少年の母親かもしれないとされる佐伯さんも、「ある種の奥まった場所にしか生まれるはずのない、とくべつなかたちをした日溜まりのようなもの」というように、母胎回帰的に表現されている（『海辺のカフカ』上、六四‐六七頁）。

繋ぐ、縫う

ナルシシズム的な異空間に主人公が入り込んで、そこで心を癒やされるというパターンが、村上春樹作品にはしばしばみられる。そうした主人公たちは、『ダンス・ダンス・ダンス』の羊男のいる空間でのように、空虚感を解きほぐされて、そこから現実の社会へと「繋いで」もらうことがある。この「繋ぐ」も、空虚を保持してくれるナルシシズムというテーマと関係するメタファーである。

> ここでのおいらの役目は繋げることだよ。ほら、配電盤みたいにね、いろんなものを繋げるんだよ。ここは結び目なんだ――だからおいらが繋げていくんだ。ばらばらになっちまわないようにね、ちゃんと、しっかりと繋げておくんだ。
>
> （『ダンス・ダンス・ダンス』上、一四八頁）

これは羊男の言葉である。ウィニコットは、幼児が母親代わりに使う、ぬいぐるみや毛布の切れ端のようなオブジェを「移行対象」と呼んだ。ふかふかの羊毛に包まれた羊男は、移行対象の特徴をもっている。幼児は分離を経ることで、全能の「母親」に守られた主観的な世界から客観的な現実の世界へ移行する。ぬいぐるみのような移行対象は、その過程において内的な「母親」と現実の事物の間を取りもつオブジェである。「いるかホテル」の羊男のいる空間自体も、ウィニコットが「移行空間」と呼んだ現実と空想の狭間の領域に当たり、だからこそそこで幼児的願望と現実の人間関係が「繋げ」られていくのだろう。

「縫う」も「繋ぐ」と似ている。『ねじまき鳥クロニクル』第３部では、トオルはナツメグから「仮縫い」の仕事を受け継ぐ。ナツメグは上流階級の婦人たちのこめかみに手を当てて、そこにうごめく変な生きものの活動を弱める「仮縫い」という仕事をしている。なぜ「仮縫い」かというと、ナツメグが服飾デザイナーで、またこの作業によって顧客が完治することはないからである。ナツメグは、無力感にとらわれていく。

> 彼女は長い年月にわたって顧客たちが体内に抱えている何かを「仮縫い」し続けてきた。自分が何をやっているのか正確には理解できなかったけれど、とにかくできるかぎりの努力を続けた。しかしナツメグにはその何かを治癒することはできなかった。それは決して

消え去らなかった。（中略）ときどき無力感が深く激しくなり、自分が脱け殻になってしまったような気がした。自分がどんどんすり減って無の暗黒の中に消えていきつつあるような気がした。

（『ねじまき鳥クロニクル』第3部［全作品］一七九―一八〇頁）

ナツメグが行なっている作業も、羊男のようにカウンセリングに相当する作業とみることができるが、この引用の「脱け殻」、「無の暗黒」などの表現は、この章でみたナルシシズム不成立のメタファーであり、その点で「縫う」は「繋ぐ」とは違っている。ナツメグは顧客の「空虚」を一時的に覆うのだが、そのことで自分自身の「空虚」は増大していく。

壁と向こう側

『世界の終りとハードボイルド・ワンダーランド』の偶数章に出てくる「完全な壁」は、次のように描写されている。

「これが壁だ」と門番は言って、手のひらで馬を叩くときのように何度か壁を叩いた。「高さは七メートル、街のぐるりをとり囲んでいる。これを越せるのは鳥だけだ。（中略）

「誰にも壁を傷つけることはできないんだ。上ることもできない。何故ならこの壁は完全だからだ。よく覚えておきな。ここから出ることは誰にもできない。だからつまらんことは考えんことだ」

（『世界の終りとハードボイルド・ワンダーランド』一五四頁）

壁の内側の街は作中で「完全」とされている場所で、そこに入るには心を切り離さなければならない。具体的には影を門番がナイフで切り離すのである。それでも日々生じる心の泡のようなものは、獣と呼ばれる一角獣たちが壁の外へ運び出す。

これはいくつかの心のモデルを連想させる。

まずクライン派の考える「スプリッティング」（分裂または分割）である。

乳児は、世界を、所有したりそうありたいと試みる「良いもの」と、取り除いて自分の外側、対象の中に位置づける「悪いもの」とに分割する。

（『現代クライン派入門』四五頁）

このように「悪い」と感じられるものは自分ではないとして否認する、スプリッティングの壁というものがある。

あるいはハインツ・コフートのいう病的な自己愛者の心の構造ともよく似ている。コフートは病的な自己愛者の心に「垂直分割」という壁があるという。

> ［治療する分析者は］現実自我が慢性的にもっている抑圧とか隔離とか否認《ディサバウアル》のような防衛メカニズムによって非現実的な自己愛構造から自身を壁によってさえぎる傾向に対抗する。フロイトの用語を修正して心の垂直分割と名付けたいと私が思っている特異で慢性的な構造的な変化は、最後にあげた否認《ディサバウアル》という防衛メカニズムと関係を持っている。
>
> （『自己の分析』一五九頁。傍線・［　］内引用者、訳文一部改変）

「非現実的な自己愛構造」というのが、完全性へのこだわりを指す。コフートの本では「明けひろげに誇示される幼児的誇大性――子どもの行為を母親が自己愛的に利用したことに関係する」（『自己の分析』一六九頁の図より）とある。不完全な部分を含む真実の自分自身は、垂直の「壁」の向こう側に隔離し否認するのが病的な自己愛者なのである。コフートは「ディサバウアル」といっているが、否認に薄々気づいているという意味を込めてこの言葉を使っている。「ディサバウアル」は、この本で使っている「否認」の元の英語である「ディナイアル」よりやや限定された意味だが、同様のものと考えてよい。

『世界の終りとハードボイルド・ワンダーランド』の完全な街を囲む完全な壁は、「人間の自由を阻む社会や現実の壁」という社会的な意味と同時に、こうした心理的な意味ももっていると考えられる。

「双子と沈んだ大陸」では、すでにみたように双子がガラスの壁の向こうで閉じ込められるという悪夢が出てくるが、壁の向こうやガラスの向こうの異世界に女性が行ってしまうというパターンは、『アフターダーク』『ダンス・ダンス・ダンス』など多くの作品に繰り返しみられ、村上春樹作品の特徴となっている。

『ダンス・ダンス・ダンス』では、一緒にいたはずのユミヨシさんが、ふとホテルの部屋の壁を抜けて消えてしまった後、主人公は次のように感じる。

　また深い沈黙が部屋に満ちた。まるで海の底にいるように沈黙が僕の体を重く圧していた。ユミヨシさんは消えてしまったのだ。どこまで手をのばしても彼女には届かないのだ。僕と彼女とのあいだにはあの壁がたちはだかっているのだ。

（『ダンス・ダンス・ダンス』下、三三四頁）

ここでは、壁は分離不安を表す効果的なオブジェとして使われているように思える。「抱えること」を求める幼児的懇願が満たされないことによる混乱は、すでにみたように「暗闇」や「無」として表現されることもあり、こうした「壁」として表現されることもあるのである。

第3章　現代社会と「偽りの自己」

1　小野不由美作品の「偽りの自己」

ウィニコットの「偽りの自己」

前章までは、「空虚の覆い」としてのナルシシズムの表現に、焦点を当ててみてきた。この章では、そうしたナルシシズムの達成に失敗した場合の表現を、ウィニコットのいう「偽りの自己」(false self) を手がかりにして考えてみたい。

クリステヴァがいうような幼児期のナルシシズムの不成立から生まれると想定されるものは、

大きく二つある。一つはクリステヴァがアブジェと呼んだような、統合されていない分離不安の塊。もう一つは、ウィニコットの「偽りの自己」やコフートの「誇大自己」のような、ナルシシズムの不成立をカバーするための、本来のナルシシズムとは似て非なる心の構造である。

ウィニコットは幼児の自主性に合わせてうまく「ほどよい」世話をする母親を、「環境としての母親」と呼ぶことがある。その「ほどよい環境」が機能しないことから生じるのが「偽りの自己」である。それはウィニコットによれば「真の自己」の発達停止だが、幼児に適応する「環境」が与えられれば、心の成長は再開する。(1)

ウィニコットは次のようにいう。

> 人間の早期発達においては、ほど良く振舞う（つまりほど良い積極的適応を行う）環境が、私的な成長が生じるのを可能にするのである。（中略）もし環境がほど良く振舞わなければ、（中略）自己過程は中断してしまう。もしこの状態が量的な限界に達すれば、自己の核は保護されるようになる。つまり停止してしまうのである。
>
> （『小児医学から精神分析へ』三五三―三五四頁）

この自己の核が保護されたまま発達停止した状況は、『世界の終りとハードボイルド・ワンダーランド』の計算士の意識の核を連想させる。そこは「世界の終り」と名づけられた変化のない場所で、そこに計算士が失ったものがすべてあるという。

さらにウィニコットは「偽りの自己」について、それが不毛感を特徴とすることを強調する。

> 本当の自己は保護されたまま、防衛としての迎合の基盤のうえに、すなわち侵襲に反応することを受けいれることのうえに、偽りの自己がそこに発達する。偽りの自己の発達は、本当の自己の核を保護するために工夫された最も有効な防衛組織の1つであり、その存在が結果として不毛感を生じる。
>
> （『小児医学から精神分析へ』三五四頁）

「侵襲に反応する」とは、周囲のひっきりなしの干渉に応えるということである。「偽りの自己」はそうしたものから真の自己を守る鎧のようなものだが、そのことが本当の自分を生きていないという不毛感を生む。

「偽りの自己」の文学作品などでの表現は、これまで論じてきた全能感やアブジェなどと混ざっている場合が多い。作品に即してみていこう。

『屍鬼』の信明

まずは小野不由美の作品を例にとって、みてみよう。『屍鬼《しき》』の主要人物である静信の父である信明が、「偽りの自己」の例としてわかりやすい。信明は善良な僧侶だが、村を襲った怪現象の背後にいるのが「起き上がり」という吸血鬼であることを悟り、村を守ろうとするのではなく自分から進んで吸血鬼になる。その行動は、周囲の期待によって自発性が損なわれ続けてきたという絶望感からであった。

檀家は彼に敬愛に値する住職であることを要求した。信明はどんなに絶望に駆られたときにも鷹揚に笑っていなければならなかったし、身内を灼《や》かれるほどの焦燥を感じていても声を荒げることも、癇癪を起こすことも許されなかった。（中略）信明は敬愛に値する住職を演じ続けていたが、それがもはや演技でしかないことを、信明自身が一番よく分かっていた。――そうしてふと、信明は思ったのだった。いったい、自分はこれまで、そうでなかったことが一度でもあっただろうか、と。

（『屍鬼』下、五〇三頁）

自発的でなく周囲の期待に反応するだけの信明の「演技」の自覚、そうした「演技」の虚しさは、ウィニコットがいう「偽りの自己」の不毛感と重なるものである。

小野不由美作品の登場人物たちは、このような「偽りの自己」に悩み、そこから抜け出そうとする。「十二国記」シリーズの『月の影　影の海』を取り上げて、その点を「環境」のナルシシズム表現と絡めて考えてみたい。

『月の影　影の海』の陽子

『月の影　影の海』の主人公である陽子は、平凡な日本の女子高生である。日本での陽子は厳格な親や身勝手な友人に対して自己主張せずに悶々とする、平凡な女子高生だった。通っている高校も陽子ではなく父親が選んだ、能力よりレベルが下の学校だった。

> 女子校であるということ以外、何の特徴もない私立学校。父親が断固として選んだ学校だった。（中略）最初は模試の成績を見て惜しそうにしていた母親も、すぐに父に追従した。（中略）駄々を捏ねるのも気が咎めたので、黙ってそれに従った。そのせいかどうか、入学して一年が過ぎようとしている学校には、今も特に愛着が湧かない。

（『月の影　影の海』上、一六頁。傍線引用者）

傍線部のように、陽子の自発性は認められず、陽子自ら自発的な反応を抑制している。先ほどのウィニコットの引用のように、「侵襲」する両親への「迎合の基盤」の上に陽子の「偽りの自己」ができあがっているのである。その結果、陽子は、高校生活に不毛感を抱いている。

「偽りの自己」が「自己の核」を覆う殻であるように、陽子も本来の姿がありふれた外見の殻で覆われている。彼女は実は十二国という異世界の住人で、赤ん坊の時に日本に流された「胎果《たいか》」という存在であった。陽子は精神的にも自分を表に出すことのない生き方だったが、物語の設定上でも「胎果」の殻という偽りの姿で生きていたのである。

十二国はその名の通り、十二の国からなる異世界である。人間以外に神仙や妖族がいる東洋風のファンタジーの世界で、それぞれの国にはこの世界を創造した天帝の意思（天意）によって国王を選ぶ麒麟《きりん》が一匹いる。慶国の麒麟である景麒は、「胎果」として日本にいる陽子を王に選び、高校まで迎えに来る。心理学では、思春期に自分が「特別」なのではないかと考える時期があるといわれるが、そうした一般的なナルシシズムを満たす要素が『月の影　影の海』にはある。

しかし景麒に連れられて異世界に行った陽子は、陰謀に巻き込まれて景麒とはぐれ、自分がなぜ連れてこられたかも知らないまま、見知らぬ土地をさまよう。十二国の役人は陽子を死刑にしようとし、親切そうに見えた住人は陽子を遊郭に売ろうとし、妖魔には襲われ続ける。『月の影　影の海』は、最初は十代の女性向けのレーベル（講談社X文庫 white heart）から出版されたが、十二国での陽子のこうした過酷な状況は、ロマンチックな冒険を期待する読者のナルシシズムを単に満たすものではない。

このような状況下で、当初の「偽りの自己」としての陽子の行動の仕方がどのように変化していくか、みていきたい。

陽子の攻撃性と赤毛の獣

まずはじめに、おとなしかった陽子は、次第に自分の中で押し殺してきた怒りを表に出すようになる。

冒頭で、「漆黒の闇」の中に立つ陽子に向かって、「赤い光」を背にした巨大な猿や鼠や鳥などの「異形の獣の群れ」が、「生贄《いけにえ》を血祭りに上げる歓喜に小躍りしながら」迫ってくるという悪夢が描かれる。陽子は「あれが来たら殺される」という不安を感じている（以上、『月の

影　影の海』上、一〇–一二頁）。

この悪夢は物語の上では、十二国で陽子に迫る危険の予知夢である。しかし、後で陽子は自らを赤毛の獣のイメージと重ねていくので、陽子が「偽りの自己」の下にもっていた攻撃的な心と読むこともできる。

陽子の髪は生まれつき赤色をしていて、母親は陽子の赤い髪を黒く染めることにこだわる。悪夢から目覚めた朝も、母親は陽子に「陽子、また赤くなったんじゃない？」と言う。このように「赤」は陽子を束縛する母親や、そのことで罪悪感や不満などの感情をこじらせる陽子を象徴的に表す色であり、「偽りの自己」の下に鬱積する攻撃性の表現といえよう。景麒に連れられて十二国に行き、はぐれた陽子は自分が赤い毛の妖魔に変わる夢を見る。

凶器のような爪。赤い毛並み。――まるで獣に変化していこうとしているように。（中略）制服がちぎれて落ち、現れた腕は奇妙な形に捻れている。それは犬か猫の前肢《まえあし》のように見えた。

（『月の影　影の海』上、七五頁）

ここでは自分が鋭い爪と赤い毛並みの化け物に変化していく恐怖が描かれている。「いい子」

の仮面で本当の自分を覆っていた陽子の感情──クリステヴァ風にいうなら「空虚」──が、「赤」で表されるような鬱屈した攻撃的なものへと変質していくことを表す、不安な夢である。これは前章で論じたナルシシズムの不成立の表現である。

つまり、冒頭の悪夢にしろ、獣に変わる夢にしろ、陽子の内側からオートマティズム的に湧き上がる衝動をとらえた表現とみることができる。陽子の十二国での旅は、「いい子」という偽りの殻を破って自他を破壊する、こうしたオートマティズムをコントロールする心の枠組を手に入れるプロセスを描いている。

陽子の周囲には、日本での体裁を押しつける家庭や学校、十二国での陽子をだます人々や襲ってくる妖魔のような、好ましくない存在が目立つ。おとなしかった陽子は、そうしたものに次第に怒りを向けるようになる。夢に出てきた「爪」や「赤」のイメージは、そのような場面でしばしば使われている。

これが爪だ。陽子に与えられた鋭利な凶器。（中略）陽子の中で苦いものが広がった。それは夢の中で見た、海に赤いものが広がっていくさまにひどくよく似ていた。

（『月の影　影の海』上、一八七―一八八頁）

陽子は景麒が取り憑かせた部下の妖魔の力で、「爪」と表現された剣を操って襲ってくる相手をためらいなく切り捨てるようになる。この剣は、陽子の攻撃性をよく表すオブジェである。この後陽子は、自分は獣なのであり、周囲を信用せず利用する生き方をしようと決意するが、この考え方は後でみる「独り」の自覚とは、似ているようで対極のもので、もともとの「偽りの自己」に不安と裏腹の攻撃性が加わったような、不安定でいびつな自己のありようである。

五反田君の未分化の攻撃性表現

ここで一旦陽子の物語を離れて、「偽りの自己」と絡んだネガティブな感情の表現がみられる他の作品や他の作家の例を、参考のために取り上げてみよう。それらには、攻撃性の向かう先が相手なのか自分自身なのかが曖昧であることを、作家側が意識的に描こうとしているという特徴がある。

例えば、村上春樹『ダンス・ダンス・ダンス』には、主人公と再会してしばしば会うようなった中学時代のクラスメートの五反田君が、実は主人公が探していたキキという女性を殺していたことが判明するというエピソードがある。しかし、それは現実か妄想かが曖昧な「闇の世界」

での出来事である。

僕は自分の影を殺すみたいに彼女を絞め殺したんだ。僕は彼女を絞めてるあいだ、これは僕の影なんだと思っていた。この影を殺せば僕は上手くいくんだと思っていた。でもそれは僕の影じゃなかった。キキだった。

（『ダンス・ダンス・ダンス』下、二七四頁）

五反田君は一種の異空間でキキを殺したが、それは五反田君自身が「たぶんある種の自己破壊本能だろう」（『ダンス・ダンス・ダンス』下、二七二頁）と言っているように、自分に向けた攻撃性と区別がつかないものだった。このように攻撃性を発露した場所も対象も曖昧な自他未分化の状況を、村上春樹は意図的に描いている。

主人公は次のように、これが彼の自分自身への攻撃性だと理解する。

［五反田君は］その自己破壊の可能性を弄ぶことでやっと自分を現実の世界に結びつけていたのだ。でもそれがいつまでも続くわけはなかった。いつかは扉を開けなくてはならないのだ。

（『ダンス・ダンス・ダンス』下、二八三頁。［　］内引用者）

そして主人公自身も、彼の死を興味本位で取りざたするマスコミを含む、この世界全体への怒りのコントロールができなくなる。

　僕はベッドの上で世界を憎んだ。心の底から、激しく、根源的に、世界を憎んだ。世界は後味の悪い不条理な死で満ちていた。僕は無力であり、そして生の世界の汚物にまみれていた。

（『ダンス・ダンス・ダンス』下、二八四頁）

この作品では、主人公は「高度資本主義社会」と呼ばれる現代に反感を抱き続けているが、ここでの表現は「根源的に」憎むとか「生の世界の汚物」などといった、嫌悪感をたたみかける過剰なものになっている。彼自身も、アブジェ（おぞましいもの）と呼ぶのがふさわしいような自らの攻撃性のコントロールを失いかけている。

「十二国記」シリーズの傲濫

「十二国記」シリーズに登場する傲濫《ごうらん》という妖魔にも、アブジェのような特徴が認められる。

傲濫は血膿のような赤い鱗をもつ犬の姿をしており、すでにみた陽子の攻撃性の表現である赤毛の獣と「赤」という点で共通している。

「十二国記」シリーズのエピソード0と位置づけられる『魔性の子』では、傲濫は異世界である十二国から現実の日本に、主人の麒麟である高里要《かなめ》（十二国では泰麒《たいき》と呼ばれている）とともに渡ってきている。高里は角を折られたために麒麟としての記憶を失っており、人として高校に通っている。そのため中国神話の饕餮《とうてつ》という神に近い妖魔である傲濫は、歯止めを失って暴走し、高里に危害を加えた者を攻撃する。優しい獣である麒麟の高里の心には、自らのせいで周囲の人の血が流れたために「穢瘁《えすい》」という汚れが溜まる。高里にとって傲濫は、心に統合できなくなって悪化する一方のアブジェのような存在である。

傲濫は高里に危害を加えたと勘違いして、視点人物の教育実習生広瀬を襲う。その後広瀬が、襲ってきた怪物は高里が切り離している自我の一面だと考える場面がある。

無視され黙殺され水面下で歪み続ける高里のエゴの姿。醜くて当然だと思う。人は身内にこんなにも醜悪な怪物を飼っている。

（『魔性の子』三九四頁）

このように、広瀬は傲濫を、「無視され黙殺され」た、つまり否認された高里自身の心の歪んだ部分だと解釈している。『魔性の子』では最終的に傲濫は実在の妖魔だということが明らかになるが、この部分から小野不由美が無意識にあって当人や周囲に害をなす、否認された「悪い」ものの存在を、はっきり認識していることがわかる。

このように「偽りの自己」とその下に澱んだ攻撃性の表現は、この本で取り上げている一九九〇年代辺りの作品に多くみられるのである。

次に、再び『月の影　影の海』に戻って、陽子が「偽りの自己」や攻撃性に支配された精神状態から、抜け出すプロセスをみていきたい。

陽子の「偽りの自己」と蒼猿

『月の影　影の海』には、陽子に不快な幻を見せて責めさいなむ、蒼猿《あおざる》という妖魔が登場する。蒼猿は慶国の宝剣である水禺刀《すいぐうとう》の鞘に封じられた強力な妖魔で、持主の心を読み弱点を突いてくる。持主は慶王である陽子なので、景麒とはぐれてさまよう陽子の、ネガティブな感情を刺激してくる。

「帰れないよォ」

ゆっくり背後を振り返る。しっかりした石で作られた井戸の縁に、蒼い猿の首が見えた。まるで切断されて石の上に据えてあるように、身体のない首だけが石の上で笑っている。

（『月の影　影の海』上、一六七頁）


この場面で蒼猿は、陽子の不安な気持ちに連動して、『不思議の国のアリス』のチェシャ猫のように首だけで現れる。これは不安が陽子の無意識から浮かび上がったような登場の仕方であり、蒼猿が陽子の内面と分かちがたい存在であることをよく示している。


「まだ諦めてなかったのかい。おまえは帰れないんだよォ。帰りたいだろ？　母親に会いたいだろ？　いくら願っても帰れやしない」

陽子は手探りをしたが、剣を持っていなかった。

「だから言ってるのによォ。自分の首を刎《は》ねちまえよ。そうしたら楽になるからさァ。恋しいのも切ないのも、全部終わりになるんだぜ。」

（『月の影　影の海』上、一六七頁）

「帰れると思うなら、やってみるがいいサア。帰ったところで、誰もおまえを待っちゃいないけどなぁ。仕方ないよなぁ。お前は待つだけの値打ちのない人間だったんだから」

（『月の影　影の海』上、二三六頁）

こうした蒼猿の言葉は、もともと自分に自信がない上に、異世界に放り出されて不安で一杯の陽子がつのらせる、自己否定的な心理を煽り立てるものである。元の世界に戻れない、自殺すれば楽になる、陽子はつまらない無価値な存在で誰も待っていない、等々の蒼猿の言葉は、弱っている陽子を責めさいなむ。

親や周囲との関係で、陽子が「いい子」を演じていたのではないかと蒼猿は言う。これは「偽りの自己」の指摘である。

「いい子をやってるのが楽しかったんだろうが。親の言うことを聞いてたのは、親が正しいと思ってたからかい？　逆らったら叩き出されるような気がして、飼い主の機嫌を取ってただけじゃねえのかい？」

陽子はとっさに唇を噛む。（中略）

「お前のいい子は嘘だ。いい子なんじゃやねえ、捨てられるのが怖いから親に都合のいい子供のふりをしてただけだろう。親の、いい親も嘘だ。いい親なんじゃやねえ、後ろ指を指されるのが怖いから世間並みのことをしてただけだろう。嘘同士の人間が裏切らないはずがあるかい。どうせお前は親を裏切る。親はお前を必ず裏切る。人間てのは、みぃんなそうなのさァ。お互いに嘘をついて、裏切って裏切られて回ってるんだよォ」

（『月の影　影の海』上、二三九―二四〇頁）

蒼猿は陽子の「偽りの自己」性をこのようにはっきり指摘しており、その点はふだん陽子の意識に上ってはいないが言われてみれば肯定せざるを得ない真実のようでもある。しかしだからといって、世界はすべて「お互いに嘘をついて、裏切って裏切られて回ってる」という蒼猿の説く世界認識に居直る必要はない。このような世界認識は、対象関係論において乗り越えるべきものとされているからである。

対象関係論で「妄想分裂ポジション」と呼ばれる「悪い」部分を統合していない心の状態においては、幼児は否認した「悪い」ものによって迫害される不安を感じるという。あるいはその裏面であるが、否認はしても自身の一部である「悪い」ものに同一化して、周囲を攻撃することもある。自分が迫害する側にまわるわけだが、これは本来のナルシシズムのように「悪い」部分を統合しているわけではない(2)。

蒼猿の「お互いに嘘をついて、裏切って裏切られて回ってる」という世界認識は、現実の厳しさを見据えているのではなく、「妄想分裂ポジション」にある幼児のように、ネガティブな自己を投影した世界に怯えるか、あるいはそこから反転して世界に攻撃性を向けるかにとどまる、幼稚な世界観なのである。そして、陽子は自らのネガティブな思考を増幅する蒼猿の心理的攻撃に、「妄想分裂ポジション」の幼児のような迫害不安を感じているのである。

この蒼猿の偽りの論理を、陽子はどう克服していくのだろうか。

迫害的な対象（蒼猿）

陽子の蒼猿への恐怖は、単に強い妖魔への恐怖ではなく、対象関係論の用語でいうと、自分の心から分裂排除《スプリット・オフ》して否認している面への恐怖である。だからこそ陽子は、蒼猿の言うことを突っぱねて、「首を刎ねちまえよ」という自殺教唆を断ち切ることができない。

その後、大怪我をして死にかけていた陽子は、半獣のネズミである楽俊《らくしゅん》に救われて介抱される。これは「悪い」一方であった世界にはじめて現れた、ウィニコットの言葉でいうと「ほどよい環境」に当たる存在である。つまり「偽りの自己」に守られていた「真の自己」が再び成長する条件が、整ったのである。

陽子は楽俊に十二国の情報を教えてもらい、一緒に雁国《えんこく》に向かうことにする。その途中で、妖魔に襲われる。この頃には「偽りの自己」で生きるおとなしいよい子から、内部の赤い獣が表面化したような好戦的で攻撃的な人物に変化していた陽子は、自ら妖魔を挑発して次々に殺すが、街の警備の人々が現れると、恩人である楽俊が倒れているのを見捨てて逃げる。その際、自分の正体を街の人に話される前に、楽俊を殺してしまおうかという考えが心をよぎる。

このエピソードは、陽子が蒼猿の主張する迫害的な世界観を乗り越える上で、重要な分岐点となる。クリステヴァのナルシシズム論では、分離不安のただ中の幼児が、ナルシシズムの鍵となる「想像的な父親」を同一化するかどうかが、幼児の心がアブジェに取り込まれた混沌に陥るか、それとも一次ナルシシズムという「空虚の保持」であり「愛」である状態に変容するかの分岐点になるのだが、ここで起こっているのもそれと同様のことである。

「良い」対象の修復と分離

人間大の半獣で、ぬいぐるみのようにふかふかの毛をしている楽俊は、ウィニコットのいう移行対象のように、陽子に対して共感的に世話をしてくれる母親的な存在である。その楽俊を見捨てて逃げたことで、陽子は葛藤する。楽俊の安否よりも役人に密告しないかを心配する自分に、「胸の中に深い穴が空いた気がした。」（『月の影　影の海』下、七八頁）というような「空虚」を感じる。自問自答の中で、陽子の中の葛藤が、蒼猿の言葉と重なっていく。

戻るべきだ、と身内で声がする。
戻ってせめて楽俊の安否を確かめてから逃げるべきだ。
危険だ、と誰かが言う。たとえ戻っても、陽子に何ができるわけでもない。

（『月の影　影の海』下、七九頁）

この「身内」の声は蒼猿の声ではなく、陽子の心にオートマティックに浮かんでくる考えである。そこに蒼猿の声が重なる。

「戻って止めを刺す」
耳障りな声が聞こえて陽子は飛び上がった。道のすぐ脇の草叢に蒼猿の首が見えた。

「――そう思ったんじゃなかったのかい」
「……あ……」
陽子は蒼猿を凝視する。全身が震えた。
（『月の影　影の海』下、八〇頁）

陽子が震えたのは、ここでは蒼猿への恐怖のためではなく、自分が「悪い」側にいたという否認したい現実への恐怖のためである。陽子はここから蒼猿や、蒼猿を通して現れる自分自身の感情と対決し、自分の中にあって眼を背けていた感情を認めて「独り」であることを引き受ける方向へ舵を切る。

陽子の気づきと自我理想的な支え

陽子は「裏切られてもいいんだ。裏切った相手が卑怯になるだけで、わたしの何が傷つくわけでもない。裏切って卑怯者になるよりずっといい」と蒼猿に言う。

陽子自身が人を信じることと、人が陽子を裏切ることは何の関係もないはずだ。陽子自身が優しいことと他者が陽子に優しいことは、何の関係もないはずなのに。

（『月の影　影の海』下、八四頁）

幼児は不快な「悪い」ものを排除して、快適な「良い」ものと一体であるという自他未分化の空想世界に生きている。そこから「母親からの分離」を経て、自分と相手がそれぞれ全能でも完全でもない、別々の存在であることを受け入れていく。この引用で示される「自他の区別」の認識は、幼児期の「母親からの分離」と同じく、陽子が不完全な自分の受容に向かっていることを示している。

一方、蒼猿の説く「お互いに嘘をついて、裏切って裏切られて回ってる」という世界観では、自分と相手は迫害するかされるかという関係でつながるしかない。当初陽子が十二国の住民や妖魔から迫害され、やがて爪をもつ赤毛の獣という自己イメージに同一化して、自分をだました住人や襲ってくる妖魔に剣を向けるようになったのは、この迫害する＝されるという関係性に当たる。

しかし、「自他の区別」をつけた陽子は、蒼猿の主張する相互に迫害しあうような世界観に居直る姿勢は「卑怯」であり、そうあってはならないという結論に至っている。

独りで独りで、この広い世界にたった独りで、助けてくれる人も、慰めてくれる人も、誰一人としていなくても、それでも陽子が他人を信じず卑怯に振る舞い、見捨てて逃げ、ましてや他者を害することの理由になどなるはずがないのに。

猿がヒステリックに笑った。ただ突き刺さる声で笑い続ける。

「……強くなりたい……」

柄《つか》を固く握りしめた。

世界も他人も関係がない。胸を張って生きることができるように、強くなりたい。

猿が突然に笑いをやめた。（中略）

ここで死んだら愚かで卑怯なままだ。死ぬことを受け入れることは、そんな自分を許容することだ。生きる価値もない命だと烙印を押すことはたやすいが、そんな逃避は許さない。

（『月の影　影の海』下、八四―八五頁。傍線引用者）


この「独り」は、誰にも頼れず不安を感じて攻撃的になっていたこれまでの陽子の孤立とは、別のものである。陽子は、今の自分が「愚かで卑怯」であることを受け止めている。そしてたとえ「世界」や「他人」が「悪い」ものだろうと関係がないという「自他の区別」をつけ、不満を「悪い」相手に向けて攻撃するのではなく、かといって「愚かで卑怯」な自分を責めるのでもなく、「胸を張って生きる」強さを手に入れる決意をする。その瞬間に、ヒステリックな蒼猿の笑いが止んだということは、陽子自身の心にある自己否定のオートマティズムが止まったということでもあるだろう。陽子は「空虚」を保持する真のナルシシズムをこのように手にすることができたのである。

その後、蒼猿は再びヒステリックな死の脅しを再開するが、強い決意を抱く陽子はそれをはねのけて、それまでどうしても剣が届かなかった蒼猿を斬り伏せることができた。

「死ぬんだ。飢えて疲れて首を刎ねられて死ぬんだ」
渾身《こんしん》の力を込めて剣を払った。草叢を切り裂いた切っ先は空気までを斬って、強い手応えを返した。散った葉先の間に猿の首が跳ぶ。地に落ち、血糊《ちのり》を撒いて転々と転がった。
（『月の影　影の海』下、八五頁）

ゲドが影と向き合うことで影を追い詰めて統合したように、「愚かで卑怯」な自分から逃げずに強くなると決めた陽子は、自己否定の心を斬り捨てる力を得たのである。

「ほどよい環境」としての十二国

後で雁国に着いて延王に会った時、彼は陽子が王としての資質（王気）を備えていると言う。

「お前はお前自身の王であり、己《おのれ》自身であることの責任を知っている。それが分からぬ者に王者の責任を説いたところで虚しいだけだし、自らを統治できない者に国土を統治できようはずもない」（『月の影　影の海』下、二〇六頁）

「お前自身の王」、「己自身であることの責任」、「自らを統治」などの言葉は、不都合な部分も認めて自分自身を律する力を陽子が備えているという意味に取れる。つまり、陽子が分離を含むナルシシズムを達成していることを、延王も感じているのである。

はぐれた楽俊に再会した時も、置いていかれた楽俊が変わらず陽子のことを思ってくれるのを見て「わたしは本当に、至らない……」という陽子に、楽俊は「お前はよく頑張ったよ、陽子。いい感じになったな」（『月の影　影の海』下、一一三頁）と陽子を肯定する。この場面も、陽子の変化を裏書きするとともに、移行対象の特徴を備えた、つまり一種の「母親」とみることができる楽俊に肯定される体験は、いろいろ苦労をしてきた陽子の心を癒すナルシシズムを提供してくれるものである。

陽子はこのようにして、彼女の「偽りの自己」を克服した。平凡な女子高生が異世界で王になるという物語自体は、読者のナルシシズムに訴えるファンタジーらしいものだが、『月の影　影の海』ではそこに「独り」の自覚という分離の受容が含まれている。最初は過酷だった十二国の旅は、全体としてみると「偽りの自己」に閉ざされていた陽子が「真の自己」の成長を再開させるための、「ほどよい環境」として機能しているのである。

『屍鬼』の外場村の否認

本章の冒頭で挙げた『屍鬼』についても、「偽りの自己」の点から簡単に触れておく。小野不由美は『屍鬼』で外場《そとば》村という地方の村社会を舞台に、多くのキャラクターの「偽りの自己」と混乱した内面を描いている。

舞台である外場村は現代の閉ざされた異空間のような、地方の村である。そこにある「兼正《かねまさ》」という洋館に屍鬼という吸血鬼の集団が移り住み、次々に犠牲者が出る中で、村の閉鎖性・事なかれ主義・若者の不満などのそこに潜在していた心理的な問題が浮かび上がる。本書での議論に引きつけていうと、村の古い秩序が住人を「偽りの自己」の鋳型にはめていることが、明らかになってくるのである。

中でも尾崎敏夫と室井静信という二人の旧家の跡取りは、村社会とその秩序が自分たちに押しつけてきた「偽りの自己」に対して怒りと絶望を感じている。前にみた静信の父親信明が、自身の「偽りの自己」に絶望して屍鬼になるという自己破壊的行動を取るのに対し、その子ども世代の二人は、敏夫は医者として屍鬼の脅威に立ち向かうことで、静信は作中の小説『屍鬼』を執筆して、神が造り出した流刑地の秩序に造反する兄弟を描くことで、それぞれ「偽りの自己」からの脱却を模索する。

また、屍鬼の側にも、通常の世界から排除されていることへの苦悩や、家庭の温かみを取り戻したいという切望などの、心理的な動機があることが徐々に明らかにされる。「兼正」は吸血鬼の中心人物である沙子《すなこ》という少女の求める家族的「環境」を擬似的に作り出すが、それも最終的にはいびつで不安定であることが示される。屍鬼の楽園を外場村に作ろうという沙子の希望は、そもそも叶うはずのない望みだった。希望があるとすれば、陽子が自分の中のみたくない感情を受け入れて蒼猿を斬ったように、現実から目をそらさずに受け入れるところにあるだろう。実際に、物語の終盤で「人狼《じんろう》」という屍鬼の仲間に変化した静信は、屍鬼が社会の秩序の側に受け入れられないことを認めて生き続けていこうと沙子に言う。
社会の秩序の方も、みたくないものを拒否し排除する幼児的な否認によって成り立っている。屍鬼の存在に気づいた敏夫がなんとかしようと奮闘しても、村人は屍鬼の存在を頑なに否認する。

自分の頭で考える気はない。自分の身体は指一本だって動かすつもりはない。喚いていれば現実のほうが連中の都合に合わせてくれると思っているんだ。それ以外のことなんて考えてみたくもない。連中は世界のなんたるかを分かってない。世界はベビーベッドじゃないんだ。周囲にいるのは泣けば飛んできてミルクやオムツを与えてくれる母親やベビー・シッターじゃない。

（『屍鬼』下、五一四頁）

この分離を忌避する幼児のような村人たちの描写は、社会の秩序の根っこに「否認」があることを、明確に示している。静信は屍鬼を排除する世界の秩序を、次のように描写する。

同種の生き物に対する団結の要請。この団結は、小さくは傾いたバラックの家庭から、血縁集団へ、地縁集団へと繋がり、圧倒的多数の無意識という神性によって束ねられ縒り合わされ、太くモラルと法と常識という強固な絆を作って、人々を調和の中に編み上げている。

（『屍鬼』下、七一五頁）

社会の秩序というものが、分離を忌避する人々の集団が作り出した「偽りの自己」のようなものならば、物語の最後で静信が小説家としての自分を捨てて沙子と生きていく決断をしたように、その外にあって生き続けようとあがく行為は「真の自己」につながるのかもしれない。この引用にみられるような、強固な同質性で異質なものを排除する社会というテーマは、この章の後半で同調の「空気」について論じる時に再び取り上げようと思う。

社会的規模で広がった「偽りの自己」に相当するものは、小野不由美以外の現代小説でも、しばしば取り上げられている。次にいくつかの作品を取り上げて、そうしたものの表現をみていきたい。

2　『ねじまき鳥クロニクル』の複合的なアブジェ

綿谷ノボル

『ねじまき鳥クロニクル』で描かれる主人公トオルの義兄綿谷ノボルは、「十二国記」の蒼猿のような異世界の妖魔ではないが、表面的な「学者・文化人・政治家」という仮面の下には、人間離れした暗い部分がある。これまで何度か触れた、井戸の壁を抜けた場所にあるホテルのような場所の２０８号室で、それが怪物的な邪悪なものとして現れる。

ホテルのような場所や２０８号室はトオルの内界という面もある場所なので、ゲド戦記風にいうならノボルをトオルの「影」として統合するという流れも考えられるが、『ねじまき鳥クロニクル』ではこの「影の統合」パターンは明確ではない。それはこのノボルの「悪」が、現代社会や歴史の闇に存在する「悪」という広がりをもつためである。

まずはノボル個人の「偽りの自己」から、順にみていこう。

精神分析やカウンセリングでは、患者のそれまでの生活、特に幼少期の親兄弟との関係などの「生育歴」を重視するが、『ねじまき鳥クロニクル』ではノボルに関して、生育歴に当たるものが詳しく書かれている。それによると、ノボルは歪んだ価値観の両親の元で育てられたことがわかる。

彼の父の考えでは「人間はそもそも平等なんかに作られてはいない」のであり、「人間が平等」だというのは学校で教えられる「建前」で、日本は「熾烈な弱肉強食の階級社会」なので「エリートにならなければ、この国で生きている意味などほとんど何もない」のだという。これは蒼猿の迫害的な世界認識と同じで、ナルシシズム不成立の産物である。

一方、彼の母は「その頭脳を支配しているのは「自分が他人の目にどのように映るか」という、ただそれだけ」という見栄によって生きており、ノボルについても自慢できるような有名な高校と大学に行かせることしか関心がなかった。体裁のみを気にする、いわゆるナルシストの母親だったのである（以上、『ねじまき鳥クロニクル』第1部〔全作品〕一一四―一一五頁）。ノボルはこのように、「偽りの自己」を生む条件を満たす侵襲的な生育環境で育った人物として描かれている。

次のような描写もある。

両親は綿谷ノボルが誰かの背後に甘んじることを決して許さなかった。クラスやら学校といった狭い場所で一番を取れないような人間が、どうしてもっと広い世界で一番を取れるのだ、と父親は言った。両親はいつも最高の家庭教師をつけ、息子の尻を叩きつづけた。優秀な成績を取れば、彼らはその褒美として息子が望むものを何でも買って与えた。

（『ねじまき鳥クロニクル』第1部［全作品］一一六頁）

この箇所でもノボルの両親は侵襲的であり、成績に紐付けられた条件的な愛情は問題である。このように村上春樹は、機能不全家族で育ったノボルの生育歴を詳述している。

『ねじまき鳥クロニクル』より以前の村上春樹作品にも「偽りの自己」をもつキャラクターは登場していた。先ほども取り上げた『ダンス・ダンス・ダンス』の五反田君は、「自分自身と、僕が演じている自分自身とのギャップ」について、「まるで地震でできた地割れみたい」であり、「演技する僕と、根源的な僕との溝」があると主人公に語る（『ダンス・ダンス・ダンス』下、二七二―二七六頁）。彼は中学のクラスメートであった主人公からは「完璧」に見えたが、実は少年期から動物や友人に攻撃性を発露させてきたという二面性があった。それがどのような家庭環境によるものかは書かれていないが、村上春樹は「偽りの自己」に当たるものを『ねじまき鳥クロニクル』以前から描こうとしていたことがわかる。

トオルとクミコ

ノボルだけでなく、主人公のトオルや妻のクミコにも「偽りの自己」がみられる。まずトオルについて、もともと『ねじまき鳥クロニクル』の一部として構想された『国境の南、太陽の西』の主人公ハジメを参考に考えてみたい。

精神分析家の福本修はハジメについて、次のように述べている。

「甘やかされていてひ弱でわがまま」とは、自分の欲していないものを与えられ、自分で経験してみる機会を阻まれ、本当の欲求は我慢することを自分で覚えざるをえなかったという事態（中略）感じたり人と関わったりする心の働きが遙か昔に拘縮してしまい、成長が止まっているかのようである。

（「封印されていた災厄の記憶」二三四―二三五頁。傍線引用者）

これは『国境の南、太陽の西』第1章の内容から、ハジメの生育歴を推定した言葉である。傍線部は両親が侵襲的なため自己の核の成長が停止したという、ウィニコットの「偽りの自己」

の説明と一致する内容である。

この引用部の「甘やかされていてひ弱でわがまま」という内容が出てくる箇所は、原文では次のようなものである。

一人っ子が両親にあまやかされていて、ひ弱で、おそろしくわがままだというのは、僕が住んでいた世界においては揺るぎない定説だった。（中略）そのとおり、僕は事実あまやかされて、ひ弱で、おそろしくわがままな少年だったのだ。

（『国境の南、太陽の西』〔全作品〕八－九頁）

『国境の南、太陽の西』第1章は、村上春樹自身の解説によると『ねじまき鳥クロニクル』のトオルの幼少期として書かれたものを分離して、別の中編の一部として書き直したものである（『国境の南、太陽の西』〔全作品〕「解説」四八四－四八五頁）。実際、トオルはハジメと同じく一人っ子という設定で、ハジメの生育歴は、『ねじまき鳥クロニクル』にほとんど書かれていないトオルの生育歴の参考になる。トオルも侵襲的な周囲によって、「偽りの自己」を発達させた可能性があるということだ。

トオルが育った家庭については、次のような記述がある。

> もちろん僕は子供の頃にも自分自身の家庭を持っていた。しかしそれは自分の手で選んだものではなかった。それは先天的に、いわば否応なく与えられたものだった。
>
> （『ねじまき鳥クロニクル』第1部［全作品］七六頁）

「否応なく与えられた」からはあまり肯定的なニュアンスは感じられない。家族についてではないが、トオルが自分の「感情を凍結」する方法について語っている箇所もある。

> 僕には、僕自身の存在と他人の存在とを、まったく別の領域に属するものとして区別しておける能力がある（中略）そうして一時的に自分の感情を凍結してしまうわけだ。（中略）
>
> これまでの人生の過程において、そのような感情処理システムを適用することによって、僕は数多くの無用なトラブルを回避し、僕自身の世界を比較的安定した状態に保っておくことを可能にしてきた。（『ねじまき鳥クロニクル』第1部［全作品］一二四頁。傍線引用者）

傍線部が示すのは、トオルは自覚的に用いられた「偽りの自己」といえるような、感情の防衛システムの所有者だということである。「偽りの自己」とは、いわば「一時的に自分の感情を凍結」して作られたものである。「一時的」というのが、長い場合は一生になるのだが。そのようにして「自分の世界を比較的安定に保つ」というトオルのシステムは、この章のはじめの方で引用したウィニコットによる「本当の自己の核を保護するために工夫された最も有効な防衛組織の１つ」（『小児医学から精神分析へ』三五四頁）という説明にあてはまる。

こうしたことから私は、『ねじまき鳥クロニクル』のトオルにも「偽りの自己」があると考える。

妻のクミコに関しては、ノボル同様に詳しい生育歴が書かれている。それによると、クミコは父方の祖母と母の確執を和らげるために、三歳から六歳まで新潟の祖母に預けられ、また東京の実家に戻された経験がある。東京に戻る前の祖母の様子は次のようなものだった。

　彼女は泣いたり、激怒したり、黙り込んだりした。クミコを思い切り抱きしめていたかと思うと、その次の瞬間にはみみずばれができるくらい強く物差しで彼女の腕を打った。そしてクミコの母親がどれくらいひどい女かということを口汚く言って聞かせた。

（『ねじまき鳥クロニクル』第1部〔全作品〕一一〇頁）

このように極めて不安定で虐待に当たるような態度を取られた後で、戻った実家は自分の家庭とは思えず、六歳のクミコは心を閉ざしてしまう。

　クミコはそんな新しい環境の中で、無口で、気むずかしい少女になった。彼女は誰を信用し、誰に無条件に寄りかかればいいのか、見極めることができなかった。たまに母親や父親の膝に抱かれても、心はやすまらなかった。

（『ねじまき鳥クロニクル』第1部〔全作品〕一一一頁）

クミコは安心感を与える場所としての機能を欠く、文字通りの機能不全家族で育ち、「偽りの自己」のような心の殻をかぶってしまった。
　このように『ねじまき鳥クロニクル』の主要キャラクターのトオル・クミコ・ノボルの内的世界は、すべて一種の「偽りの自己」として描かれている。

テレビと「偽りの自己」

村上春樹はこうした個人の「偽りの自己」だけでなく、同調を強いる社会の「偽りの自己」的な面も描いている。端的にそれを示すものが、テレビなどのマスコミである。ノボルというキャラクターを通して描かれる、テレビなどの「偽りの自己」的な面についてみていこう。

ノボルは親の期待に応えて大学の研究職についた後、著書がベストセラーとなってテレビ出演するなど、マスコミの寵児となる。現実の日本でも、八〇年代頃からテレビの討論番組が流行したが、そうした番組に出演したノボルは、自己の信念をもたないが故に、逆にテレビ向きの臨機応変の攻撃力を発揮する。

> 綿谷ノボルはそういう意味では知的なカメレオンだった。相手の色によって、自分の色を変え、その場その場で有効なロジックを作りだし、そのためにありとあらゆるレトリックを動員した。
>
> （『ねじまき鳥クロニクル』第1部［全作品］一一九頁）

トオルはその信念のなさを嫌悪するが、ここには現実のテレビなどにみられる「偽りの自己」的な特徴への作者の反感が込められているといえよう。

しかし注意して彼の意見を聞き、書いたものを読むと、そこには一貫性というものが欠けていることがよくわかった。彼は深い信念に裏づけされた世界観というものを持たなかった。それは一面的な思考システムを複合的に組み合わせて作り上げられた世界だった。（中略）一貫性や確固とした世界観といったようなものは、時間を細かく区切られたマス・メディアでの知的機動戦には不必要なものであり、そのような重荷を背負わずにすんだことは、彼にとっての大きなメリットになった。

（『ねじまき鳥クロニクル』第1部〔全作品〕一一九頁）

「一面的な思考システムを複合的に組み合わせて作り上げられた世界」というノボル個人の「偽りの自己」と、一貫性など気にせず「時間を細かく区切られたマス・メディアでの知的機動戦」を演出するテレビなどの「偽りの自己」的な面とは、このように相性のよいものである。

綿谷ノボルとアブジェ

ノボルの「偽りの自己」の殻の下には、クリステヴァのいうアブジェのようなおぞましい何かがあるように描かれている。トオルは彼の仮面の「奥に潜んでいるはずの不自然にねじくれた何か」を感じ、話した後もしばらく「まるで口の中に嫌な臭いのする虫をひとかたまり押し込まれたみたい」な後味の悪さが残った（『ねじまき鳥クロニクル』第1部［全作品］一二五―一二六頁）。この不快さの表現は、アブジェ的である。

トオルとノボルが会った時、「そのつるつるしたテレビ向き、世間向きの仮面の下」にある「秘密」――トオルが「何か深く歪んだもの」と呼ぶもの――を暴くことができるというトオルの言葉に反応して、ノボルの「顔のところどころがひどく赤くなり、ところどころがうっすらと赤くなり、それ以外の部分は奇妙に青白く」なったというエピソードがある（『ねじまき鳥クロニクル』第2部［全作品］三〇二―三〇三頁）。「偽りの自己」という仮面の下の感情の澱みを指摘されたことで、それが表面に現れたという描かれ方である。

ノボルという存在の複合性

『ねじまき鳥クロニクル』ではトオルとノボルの遭遇は、「ホテルのような場所」の２０８号室でも起こる。２０８号室は前章でも触れたように、濃厚な花の匂いが漂う部屋のベッドに女がいて、トオルがその女と話していると危険な男がノックをするという決まったパターンの出来事が起こる場所である。第1部ではじめて夢で208号室に行った時は「だってもうすぐここに綿谷ノボルが来るんだろう。鉢合わせしたりしたら大変なことになる。僕はこんなところであの男に会いたくないんだ」（『ねじまき鳥クロニクル』第1部〔全作品〕一六〇頁）と、その男は綿谷ノボルだと書かれているが、その後、第2部では「あの男」と呼ばれるなど、曖昧になっていく。

「あなたはもうここを出て行った方がいいわ」と女はふと我に返ったように言った。「もしあの男があなたをみつけたら、きっと面倒なことになると思う。（中略）
「あの男っていったい誰なんだ」　（『ねじまき鳥クロニクル』第2部〔全作品〕三六五頁）

このように匿名化しているのは、208号室という異空間での綿谷ノボルは、人格的なものを剝ぎ取られて顕わになった、「偽りの自己」の下で澱んだ本質の部分だからではないかと考えられる。後でみる第3部での戦闘場面での描写からすると、そこにはトオルやクミコの「偽りの自己」の下にあるものも混ざっているようである。

性的な「抱え」と208号室

「欲望の根」と題された第2部8章では、トオルが井戸の壁を抜けてホテルのような場所に行くと、政治家となったノボルがテレビで演説をしている。

そこには間違いなく、何かひどくねじくれて歪んだ動機のようなものがあった。でもそんなことは他の誰にもわからない。だからこそ綿谷ノボルはテレビという巨大なシステムを使って、僕ひとりに暗号のようなメッセージを送りつけることができるのだ。

（『ねじまき鳥クロニクル』第2部〔全作品〕三五九－三六〇頁）

ノボルの「偽りの自己」の下にある「何かひどくねじくれて歪んだ動機のようなもの」をテレビのような公共のシステムが伝えているのに、それに気づく人がいない。こうした状況に対し、トオルは激しい怒りを覚える。

その後でトオルは口笛を吹くボーイのあとについて208号室に行くのだが、その室内の描写には大きな花に誘われてとらわれる虫という性的なメタファーがみられる。

暗闇の中のどこかでそれらの花は呼吸をし、身をくねらせているのだ。その激しい匂いのする闇の中で、僕は自分の肉体を失いかけていた。僕は自分が小さな虫になったような気がした。僕は虫で、今巨大な花弁の中に入ろうとしていた。そこではねっとりとした蜜と、花粉と、柔らかな毛が僕を待っていた。

（『ねじまき鳥クロニクル』第2部〔全作品〕三六三頁）

『ねじまき鳥クロニクル』のホテルのような場所の体験は、トオルの喪失感などが引き金になって生じる慰撫的なものであることが多い。ここでもノボルの演説に触発されたトオルの深い怒りに合わせて、このような極めて性的なニュアンスの強いイメージが現れる。これも不快を「抱え」るナルシシズム＝メタファーではあるが、「分離」を含むナルシシズムではない。

複数人のアブジェ

このイメージは２０８号室の女との会話につながっていくが、そこに「あの男」のノックが割って入る。

もしあの男があなたをみつけたら、きっと面倒なことになると思う。あの男はあなたが考えているよりも遥かに危険なのよ。あなたを本当に殺してしまうかもしれない。

（『ねじまき鳥クロニクル』第２部［全作品］三六五頁）

つまり２０８号室に来るノボル的なものの本質は、トオルの欲望を阻む「分離」なのだが、ナルシシズムにおけるような「抱え」によって保持された「分離」ではなく、ねじくれて歪んだアブジェなのである。

第３部の終わりの方で、トオルはナイフで襲ってくる男をバットで殴り殺すが、その正体を見ることをクミコらしき誰かの声が止める。

「それを見ちゃいけない」、誰かが大声で僕を押しとどめた。奥の部屋の闇の中からクミコの声がそう叫んでいた。それでも僕の左手はライトを握りしめていた。僕は**それ**が何なのかを知りたかった。この闇の中心にいたものの姿を、僕が今ここで叩き潰したものの姿を、自分の目で見てみたかった。

（『ねじまき鳥クロニクル』第３部［全作品］三八五頁）

トオルが殺した男は人物としての綿谷ノボルというより、綿谷ノボルの「偽りの自己」の下のアブジェ（おぞましいもの）であり、それはクミコやひいてはトオル自身の「偽りの自己」の下にあるアブジェでもある。さらにはこの戦いの最中にしばしばトオルの頭に浮かんだ、間宮中尉が立ち向かった戦争などの歴史上の残虐行為――村上春樹の言葉でいうと「闇の世界」、「えんえん積み重なった歴史的な暴力」（『村上春樹、河合隼雄に会いにいく』〔全作品〕三五六頁）――のもつアブジェ性でもある。『ねじまき鳥クロニクル』のノボルは、このような複合的な存在なので、ゲド戦記のように自らの「影」を統合するというような、シンプルなパターンにはつながらない。

井戸に水が湧く

しかし、「あの男」への恐怖に打ち克ってとどめを刺したトオルが元の井戸の中に戻ると、そこには変化が生じていた。

僕のまわりには水があった。
それはもう涸れた井戸ではなかった。僕は水の中に腰をおろしているのだ。気持ちを落ちつけるために僕は何度か深呼吸をした。なんてことだろう、**水が湧いているのだ**。水は冷たくはなかった。むしろ温かく感じられるくらいだ。まるで温水プールの中に浸かっているみたいだ。

（『ねじまき鳥クロニクル』第３部〔全作品〕三八七頁）

第２部の最後の区営プールでの巨大な井戸の幻覚と似ている。涸れた井戸に、羊水のようにトオルを浸す温水が湧くという変化は、ウィニコットの「偽りの自己」の説明に引きつけていうと、トオルの戦いが「偽りの自己」の下で守られていた自己の核を解き放ったことを表している。

クミコの手紙

その後、トオルはクミコからの手紙を、パソコン上のプログラム「ねじまき鳥クロニクル」文書17として読んだ。『ねじまき鳥クロニクル』刊行当時は、まだ今のようにインターネットが発達していなかったので、このようにシナモンというキャラクターが構築したプログラムを通して、クミコからのメールを読むという形になっている。

クミコの手紙はかなりシビアな内容だが、これも「偽りの自己」が関わっている。

クミコが失踪後にどうしていたかは手紙でもはっきりしないが、監禁されていたわけではなく、兄のノボルによって、肉体的にではないが「汚され」て、気力を失っていたということのようである。

　私は何をする自由をも奪われて、暗い部屋の中に一人で閉じこもっていました。べつに足を鎖に繋がれていたわけでもないし、見張りがいたわけでもありません、でも私にはそこから逃げ出すことはできませんでした。兄はもっと強い鎖と見張りで私をそこに繋いでいたのです。それは私自身でした。（『ねじまき鳥クロニクル』第3部［全作品］四〇九頁）

侵襲というよりももっと深刻なダメージの与え方である。もともとの幼児期の生育環境から混乱や不安を押し込める「偽りの自己」を作り出していたクミコは、その安定を揺るがすような何かの影響をノボルから受け、その結果気力を失い、性的な乱脈に陥った。クミコは次のように書いている。

　彼［ノボル］が私の中にある引き出しのようなものを勝手にあけて、そこからわけのわか

らない何かを勝手に引き出して、私をほかの男と際限なく交わらせたのではないか
（『ねじまき鳥クロニクル』第3部［全作品］四一〇頁。［　］内引用者）

「引き出し」の中の何かとは、クミコが幼児期に心の支えがなかったことから感じた不安であろう。この本で使ってきた言葉でいうと、「想像的な父親」を欠くことで悪化した分離の「空虚」である。「引き出し」を開けられて「汚され」たのは本当の自分ではなかったかもしれないが、「それでは本当の私とはいったいどの私なのでしょう。今この手紙を書いているこの私を「本当の私」だと考える正当な根拠があるのでしょうか。」（『ねじまき鳥クロニクル』第3部［全作品］四一〇頁）とクミコは書いている。「偽りの自己」が守るとウィニコットがいう真の自己があやふやなのである。

しかし、トオルが井戸を抜けて２０８号室で何度も女と話したことが「ほどよい環境」をクミコに与え、真の自己をある程度保つのに役立ったらしいことも書かれている。

私はよくあなたの夢を見ました。（中略）迷路のような場所で、あなたは私のすぐ近くまで来ていました。（中略）あなたは暗闇の中で私の姿を見のがして、そのまま前を通り

過ぎてどこかに行ってしまうのです。いつも必ずそういう夢でした。でもその夢は私をずいぶん助けて励ましてくれました。少なくとも私には夢を見るだけの力は残っていたのですね。それは兄にも止められないことでした。とにかくあなたは全力を尽くして私のそばまで近づいて来てくれているのだと私は感じました。いつかあなたはそこで私をみつけだしてくれるかもしれないと思いました。（中略）だからこそ私は出口のない冷ややかな暗闇の中で、かすかな希望の炎をなんとかともし続けることができたのです。私は私自身の声をわずかにでも保ち続けることができたのです。

（『ねじまき鳥クロニクル』第3部〔全作品〕四一〇-四一一頁）

この「かすかな希望の炎」をともそうとしているのはクミコだけではなく、ノボルが体現しているような「闇の世界」、「えんえん積み重なった歴史的な暴力」（『村上春樹、河合隼雄に会いにいく』〔全作品〕三五六頁）に苦しんでいる、世界のあらゆる人々と、それを救おうとする人々にも通じることだろう。それは『ねじまき鳥クロニクル』第2部が、プールでトオルが井戸の幻覚を見た後、「そこでは誰かが誰かを呼んでいる。誰かが誰かを求めている。声にならない声で。言葉にならない言葉で。」（『ねじまき鳥クロニクル』第2部〔全作品〕五四四頁）という文で締めくくられていることからもわかる。

トオルは２０８号室で男にとどめを刺したが、現実世界ではノボルは脳溢血で倒れて入院したものの、まだ生きていた。それを聞いたトオルはこう考える。

僕があそこで殴り殺したものと、綿谷ノボルの昏倒のあいだには、必ず何か相関関係はあるはずだった。僕は彼の中の何かを、あるいは彼と強い繫がりのある何かをあそこでしっかりと殴り殺した。（中略）でも僕のやったことは綿谷ノボルの命までは奪えなかった。（中略）僕は本当はあの男の息の根をとめなくてはならなかったのだ。それでクミコはどうなるのだろう。綿谷ノボルが生きている限り、彼女はそこから抜け出すことができないのだろうか。

（『ねじまき鳥クロニクル』第３部［全作品］四〇四頁）

「彼と強い繫がりのある何か」と暗示的に書いているが、この本でみたきたように、これはノボル自身の「偽りの自己」やそれと連動する社会の「偽りの自己」の裏面にあるアブジェということになる。それをトオルが２０８号室という異空間で殺したことで、トオルに関しては「分離」を受容することに成功し、クミコに関しては自分で自分を閉じ込めていた檻からとりあえず逃れることができ、社会に関しては政治家としてのノボルの「偽りの自己」による悪影響が、とりあえず防がれた。しかし、クミコや社会の危機が完全に防がれたのではなく、ノボルの体現するアブジェがクミコを含めた多くの人々を傷つける可能性は残っている。それが「本当はあの男の息の根をとめなくてはならなかった」という、トオルの悔いである。

だが、自己喪失から回復したクミコは、入院しているノボルの生命維持装置を止めることで、最後は自力で自分自身を解放する。そのことでトオルの心配も杞憂に終わるということになる。

このようにしてトオルとクミコという「偽りの自己」をもつ二人は、２０８号室という異空間を通して、自らの否認してきた部分と向き合って決着をつけ、夫婦としての新しい関係へ進み始めたのである。

この章ではここまで一九九〇年代の作品をみてきたが、次に今世紀に入ってから書かれた作品を取り上げて、「空気」という言葉で表現される同調圧力について考えてみたい。

3　同調の「空気」

（1）伊藤計劃『ハーモニー』

ネット空間のナルシシズム

『ねじまき鳥クロニクル』の綿谷ノボルの心の歪みは、社会的なものとつながっていた。それはテレビなどのメディアを通して、社会に悪影響を及ぼすのである。伊藤計劃《けいかく》『ハーモニー』でも、同様な社会のコントロールが取り上げられているが、この二作品の間に起こった全世界的なインターネットの普及の結果、後者は前者にはない決定的に新しい内容を含んでいる。第二の現実ともいうべきネット空間が発達して、人々がそこにつながれている状況である。

そうした人工的空間が人々の心を「抱える」面もあるが、ナルシシズムという点からみると「分離」につながるというより、テクノロジーによって生み出された全能感の錯覚から、内的なものも含めた異分子の排除をもたらす。人々、特に若者は、テレビ以上にインターネット上のＳＮＳなどで発信されるメッセージに日々さらされるが、そのメッセージはコンピュータ制御のコントロールに従うもので、強力に、機械的に人々をコンセンサスに導く。いわゆる「空気」であり、『ハーモニー』ではそれが未来のテクノロジーを基盤に、世界の人々を隷属させている。

これまで論じてきたように、ナルシシズムは本来、無意識的オートマティズムによって「空虚」の保持を可能にするもので、こうした「空気」による異質なものの排除は、それとは逆の「否認」に当たる。現在私たちが日常的に触れているネット空間にしろ『ハーモニー』で描かれるその進化版にしろ、「空虚」を保持するというよりは、ネットにつながればオートマティックに眼前に広がる仮想空間が現実そのものであるかのような錯覚をもたらし、みたくない「空虚」や「分離」を否認することになりがちなのである。

同調を強いる「空気」

具体的にみていこう。

『ハーモニー』では各人の身体に、分子レベルで健康を監視するWatchMeと呼ばれるシステムがインストールされている。そして、WatchMeを含む世界からの情報にアクセスできる「拡張現実」（オーグメンテッド・リアリティ）、通称「拡現」（オーグ）という、進化したインターネット空間ができあがっている。

『ハーモニー』の舞台である未来世界で同調の「空気」の原理となっているのは、「健康」である。世界は「医療合意共同体」（メディカル・コンセンサス）と呼ばれる国家を越えたいくつもの細分化された単位に分かれている。医療合意共同体は「生府」（ヴァイガメント）とも呼ばれるが、WatchMeを体内に入れて強制的に健康にされるこの世界は、精神や肉体に害を与えるものを徹底的に排除する。WatchMeの情報を統合したオーグが、個人を超えて人々を回線越しに「抱える」役割を担っているといえばいえるのだが、それは危険や不安を排除し否認する「空気」に覆われた、ディストピアである。

メディカル・コンセンサスの構成員は「合意員」（アグリーメンツ）という全体主義を連想させる皮肉な名で呼ばれている。アグリーメンツは、人間とは社会を成り立たせるための公共的なリソース（資源）だという「リソース意識」を植えつけられる。『ハーモニー』が描いているのは、こうしたリソース保護の観点から、心理的だけでなく身体的にも「悪いもの」、「不快なもの」、「自分と違うもの」などを、徹底して遠ざけて成立している社会である。

こうしたことは生物である人間にとって不自然なので、主人公の霧慧《きりえ》トァンの「日常という砂漠」、「調和《ハーモニー》という名の蟻地獄」（『ハーモニー』七九頁）という言葉が表すように、そこになじめない多くの人々を作り出す。平和で健康ではあるが、同調の「空気」による侵襲に取り巻かれて不毛感を覚えるという、社会全体がウィニコットの「偽りの自己」になったような状況なのである。

アニメなどには「セカイ系」といわれるものがあるが、『ハーモニー』の主人公たちは、こうした彼らの世界を「セカイ」とカタカナで呼ぶことがある。

優しい「セカイ」の息苦しさ

こうした「セカイ」の「空気」は法律ではないが、各人を内面から強くコントロールする。主要キャラクターの一人、御冷《みひえ》ミァハは「皆が空気を読みあって、互いに助け合いの押しつけ合いをする世界」を憎み、「そこからはじき出され」ることを恐れない強い心もっていた（『ハーモニー』九八頁）。

女子高生の頃、「教師の、親の、周囲すべての気遣いが、わたしを静かに窒息させている。」（『ハーモニー』二三頁）と感じていたトァンが、公園で出会ったのがミァハである。彼女はトァンに次のように言う。

関わりたくないヒトのことは気にしない。お節介も焼かない。あなたは、本当はそういう人間でいたいんだよ。仲良しグループに入ってるし、休みの日にはボランティアにも参加してるけど、結局いちばん気になるのは自分のこと。調和《ハーモニー》なんてどうでもいいんだ。

（『ハーモニー』二七頁）

同調の「空気」を拒む彼女らは意気投合し、もう一人の友人と三人で、「拒食」によって社会のリソースである自分たちの身体を傷つけて、死のうと試みる。この試みは失敗し、生きのびたトァンは、「螺旋監察官」という、危険な遺伝子操作をしていないか、「健康」がしっかり管理されているかなどを査察する国際機関の役人になる。これはリソース意識への反逆を試みた高校時代とは一見真逆の職業選択にみえるが、トァンはその地位を利用してメディカル・コンセンサスの影響力が少ない地域でひそかに葉巻やワインなどを手に入れるといった、ささやかな反抗を続けていた。

「病気と酒とタバコ、それがとりわけ重要なアイテム」（『ハーモニー』一四頁）という言葉がトァンの考えとして出てくるが、不毛な「セカイ」への抵抗としては、まるで思春期の少年少女のようで幼い。しかし、認めたくないものや「悪い」ものを存在しないかのように扱い、人々もそれに疑いをもたない「セカイ」へのミァハの次のような言葉には、説得力がある。


恐ろしい。腹立たしい。そこにいろいろな感情はあると思います。

その感情は本物です。大切にしてください。

わたしたちの社会は、そうした感情を抑えこむようにできています。

思いやりの言葉の下に押しつぶすようにできています。

どこに書いてあるわけでもない、法律ですらない。

そんな規律や『空気』にしばられて、みんな、それを抑えこんでいます。これほど人が、自らの内にある規則にがんじがらめになった時代ははじめてです。これほど明文化されていない決まりが増えたのは、人類史上はじめてです。

誰も本音を言うことができません。


（『ハーモニー』二〇三頁）

ハーモニー世界のアグリーメンツは「本音」を隠していることにも気づけない。本来の自己というものがなく、「セカイ」の価値観という「偽りの自己」がその代理をしているのである。

これほど極端でなくとも、現代の若者の世界、特に高校までのクラスにおいてこうした「空気読み」の圧力が強いものであることは、様々な小説やアニメなどで描かれている。それを経験している読者には、こうした描写は極めてリアルに感じられるだろう。

人を傷つけるものは、排除して見ないようにしなければならず、建物の色にすらその基準は及んでいる。トァンは次のような感想をもつ。

> 母さんの隣に座って、車窓から見える夕暮れの隅田川を眺めていたときのこと。その両岸を埋め尽くしている建物の色の穏やかさに、わたしは心底ぞっとした。限りなく白に近い穏やかなピンク、ブルー、そしてグリーンの建築群。
>
> （『ハーモニー』六七頁）

ハーモニー・プログラム

ミァハは**WatchMe**の開発者であるトァンの父ヌァザに協力して「医療分子によるニューラルネットのソースコード」を書いた張本人であった（『ハーモニー』三四二頁）。つまり、**WatchMe**を動かすプログラムの設計をしていたのがミァハなのだが、その際に制御系に抜け道を作って、人間の意志のコントロールを可能にしておいたという。ミァハはそれを使って、強制的に人を自殺させられることをテレビで実演し、一週間以内に誰かを殺さないと自殺させるという「宣言」を発する。

恐怖や不安への耐性がない人々は、死の恐怖から狂乱状態になるが、それは「空気」という「偽りの自己」の下に隠されていたものが自他への攻撃性としてあふれ出たもので、トァンは「「空気」の下に潜んでいた怪物」（『ハーモニー』二〇六頁）というメタファーで表現している。こうした攻撃性のコントロールが重要なことは、この章でも論じてきたが、『ハーモニー』の結末はそういった方向には向かわない。それでも「偽りの自己」的な社会コントロールとは違うかけがえのなさを、結末で示している。

ミァハの目的は「ハーモニー・プログラム」を発動させることだった。「ハーモニー・プログラム」とは、ヌァザの説明によれば「調和のとれた意志を人間の脳に設定することを目的とし」た技術とシステムである（『ハーモニー』二六〇頁）。それを発動させると、脳にまで張り巡らされたWatchMeのネットワークによって、人間の意識が消滅する。意識は消滅しても人々は意識があるかのように普通に暮らし続けるが、主観的には恍惚状態で生き続ける。ミァハは日本人ではなく意識をもたない民族の出身だったので、もともとの意識がない恍惚状態へ戻りたいと望んだのである。この本に引きつけていうと、社会的ルールへのエディプス的な同調圧力をはねのける強さをもった少女は、空虚の覆いという本来のナルシシズムではなく、母胎回帰への退行を求めたことになる。

世界を動かしている権力者の老人たちは「ハーモニー・プログラム」の発動によって自分たちの意識が消えるのに抵抗したが、人々が狂乱状態で振るう暴力への恐れから「ハーモニー・プログラム」のスイッチを押す。

「宣言」の後、トァンはミァハを追って、物語の最後の方で会うことができた。高校時代は三人グループの一種のカリスマであったミァハを崇拝していたトァンだが、途中でミァハのグループの一員に撃たれて死んだヌァザなどの復讐も含めた一種のけじめとして、拳銃でミァハを撃つ。その後、発動した「ハーモニー・プログラム」によって意識をなくして恍惚に浸されていく「セカイ」の中で、二人だけが独特の空気に包まれる瞬間が描写される。

わたしはその肉体を肩に担いでバンカーのなかを歩いて行った。ミアハに言われたとおりだ。ウーヴェに言われたとおりだ。世界がどうなっているかなど、わたしには関係がなかった。

（『ハーモニー』三五一頁）

この弾丸は、わたしが撃ったもの。

他の誰の意志でもない、わたしが撃ったもの。

（『ハーモニー』三五二頁）

WatchMeを組み込まれたすべての人の意識が「ハーモニー・プログラム」によって消滅するという、いわばすべての「わたし」が消し去られる出来事の直前に、トァンの「わたし」はミァハを撃つ。ミァハは彼女の意識の終わりをトァンに見届けてほしいと頼み、トァンはそれを受け入れる。この場面はお互いの立場や運命の違いを際立たせると同時に、そうした「分離」を越えて、意識が消える間際を共有する二人のお互いへの変わらない気持ちを描いている。つまり、二人の最期の交流は、同調の「空気」に支配された「偽りの自己」的社会や、「ハーモニー・プログラム」が作動した後の退行的恍惚とは異なる、本来のナルシシズム的瞬間といえるだろう。

（2）梨木香歩『沼地のある森を抜けて』

日本社会の同胞意識

ここまでみてきたのと同様の「空気」の存在を、梨木香歩はエッセイ集『ぐるりのこと』で取り上げ、その際に探求したテーマを小説『沼地のある森を抜けて』で展開している。『ぐるりのこと』で梨木香歩は日本人の特性として、「みんな」という群れ意識を取り上げている。それは「まるで恋人と一緒になることを目指すように、全体が完璧に一なる生命体になることを 冀《こいねが》って突っ走るかのような」（『ぐるりのこと』一八一頁）ものである。

その一方で、「みんなの迷惑」になる存在や行為に対しては、「世間の魔女狩り的動きに乗じて、多勢を恃んで更にその動きを加速させるような」独特の「熱情」で非難するという「歪んだ同胞意識」のようなものが生じやすい（『ぐるりのこと』一八一－一八二頁）。ＳＮＳでの「炎上」という現象も、その一つだろう。

梨木香歩は、これが社会的であり、同時に深く内面的な問題であるという。

> 深いレベルで引き続き現在の日本の抱えている問題でもあり、故に多かれ少なかれ人類が直面している問題なのだ。極端な全体主義への志向性。それは、町内会の行事に参加しないからという理由で村八分的な空気を作ろうとする日常的な悲喜劇と、深く内界のレベルでは同列であり、（後略）
>
> （『ぐるりのこと』一八三頁）

『ぐるりのこと』とは身のまわりのことという意味で、このエッセイ集で梨木香歩は村八分のようなものから世界や人類のレベルでの群れまで取り上げている。さらにその後に書かれた『沼地のある森を抜けて』では、同調を強いる「群れ」というものの境界もしくは限界を超えるというテーマを、男女や人類という種の「向こう側」まで拡げている。

ぬか床と沼

物語は主人公の久美《くみ》が、家に代々伝わるぬか床を受け継ぐところから始まる。久美は中年にさしかかろうという独身の化学メーカー研究員である。それまでぬか床の世話をしていた時子叔母が急死したので、マンションをもらうのと一緒にぬか床の世話も任された。

ぬか床は、酵母や乳酸菌などの生き物たちが群れとなって作り出している一つの世界なので、「群れの境界」というこの物語のテーマにも関わるオブジェである。久美と同じ会社の発酵化学研究所員であり、後に行動をともにすることになる風野《かざの》さんの説明によれば、そこには「ぬか床中の微生物群が生息する微生物叢、つまり、ミクロフローラ」がある。

ぬか床っていうのは、乳酸菌や酵母、それからそれらが作り出す乳酸や酢酸、エタノール、ラクトンなんかが組んずほぐれつ牽制しあって、長期間安定して絶妙のバランスを取っている。このバランスは、毎日の手入れで、奇跡的に保たれてるの。

（『沼地のある森を抜けて』一二三頁）

風野さんは男性だが、後で説明する理由でこのように女性的な話し方をしている。引用にある「毎日の手入れ」とは、ぬか床をかき混ぜることである。これが昔は嫁の仕事だったので、ぬか床は日本の伝統的家意識、特に男性側のそれのメタファーとしても使われている。

これは呪いだ。呪縛だ。毎日毎日ぬか床をひっくり返し続けていた、律儀な代々の女性達。その日常に捧げられた果てしないエネルギーの集積がこのぬか床なのだ、きっと。

（『沼地のある森を抜けて』一三九頁）

これはぬか床が臭い出した時に、久美の心に浮かんだ考えである。久美が受け継いだぬか床は、久美の曾祖父母が駆け落ちのようにして抜け出してきた、とある島の沼の泥から作られた特別なぬか床で、周囲の人の感情に反応して卵を作り出すものであった。その島には鏡原と上淵《かみふち》という二つの姓をもつ人々が住んでいて、沼の近くに住む鏡原の一族は、沼の泥に含まれる特殊な酵母の作用によって、有性生殖ではなく沼の泥からクローンのように生み出される人々だった。

――この島の、沼、というのは、太古からの藻類や酵母が、今では想像もつかないような種類の藻類や酵母が支配している沼でした。霊的な精神活動の絡んだ細胞組織を独自に進化させてきた。それも一種だけではなく……。それぞれが同じ細胞を無限に復元させてきた。

（『沼地のある森を抜けて』四五〇頁）

これは久美の祖父の富士さんの言葉である。富士さんによれば、沼地を神域と考えた人々は、神を守るものという意味で「神淵」を名乗り、そこから転じて上淵姓となったという。

この引用にあるような精神活動をする酵母などが複雑に絡み合ってできたミクロフローラが、久美のぬか床には移植されており、そのためぬか床からは卵や「沼の人」と呼ばれるクローン的存在が出てくるのである。

ジョーカー

卵から生まれるのは作中でジョーカーと呼ばれている存在で、ぬか床の持主にとって心理的に苦手な人、それも心臓麻痺で死ぬくらいの衝撃を与える人の姿で現れることがある。風野さんの口からも一般的な酵母に関して、「酵母の中には、おもしろいことにキラー酵母、キラー性を持った酵母、っていうのも出てくるの。キラー、つまり殺し屋。」（『沼地のある森を抜けて』一三〇頁）という説明がある。このキラー酵母に当たるのが、ジョーカーである。久美の両親は久美が大学生の時に交通事故で死んだが、これもジョーカーによる心臓麻痺によるものだった。ジョーカーが沼地の泥やぬか床から生まれるのは、富士さんによれば「沼地の純粋性を保つため」である（『沼地のある森を抜けて』四五四頁）。

ジョーカーの特徴が一番わかりやすく描かれているのは、時子叔母の日記に出てくる「山上もどき」である。

若い頃の時子が交際していた山上は、世界が無気力になっているのはナルシシズムが問題なのだと時子に言う。

世の中には、種全体の生命力を削ぐような力が、いっぱいあるけれど、その中でも一番危険なのは、ナルシシズムなのだという。（中略）ナルシストにとっての恋愛なんていうものは、自己愛のバリエーションに過ぎないのだ、ということ。（中略）でも、君にはそんなところがない。僕が君のことを好きなのも、そういう、自分のことを二の次にしても、僕のことを考えてくれるところなんだ。（『沼地のある森を抜けて』二七七―二七八頁）

山上はここでナルシシズムの害について熱く語っているが、「自分のことを二の次にしてでも、僕のことを考えてくれる」から好きだという自分の発言が、自己中心的という意味でのナルシシズムそのものであることに気づけないのは皮肉である。これは山上が、自分自身の自己中心的部分を否認しているからである。

当時「ぬか床」の世話をしていた時子は、「ぬか床」という非常識なものを含めた自分を、プライドの高い山上が受け入れることはできないと判断して、プロポーズを断る。そのことで山上を傷つけたことが時子のウィークポイントとなり、後になってぬか床の卵から「山上もどき」が現れる。

卵にひびが入った。中から、泣き声が聞こえる。男の人だ。（中略）あの、自信たっぷりの山上さんが、なぜ泣くのか、しかも、こんな女々しい声で。

（『沼地のある森を抜けて』二九九頁）

自己愛的な問題をもつ人物のもろさを直感的に理解していた時子は、自分が山上に致命的な傷を与えたであろうことに罪悪感をもち続けていたため、ぬか床から無意識のトラウマが実体化されるようにして「山上もどき」が現れた。そして時子は心臓麻痺で命を落とすのである。

このようにぬか床は当人の無意識の不安などを実体化する場のようなもので、陽子にとっての十二国や、トオルにとっての２０８号室と同じである。

ジョーカーと母

久美のぬか床からも、「カッサンドラ」と呼ばれる意地の悪い姑のようなジョーカーが現れるが、久美はぬか床の腐敗防止に効く芥子粉を入れることで、カッサンドラを消すことができた。

カッサンドラが消える時、久美は共働きの両親に代わって、子どもの頃カッサンドラに世話されていたことを思い出す。

……あれは……ぬか床の前で膝をつき、せっせと掻《か》き回している女の後ろ姿。振り返ったその女の疲れた顔が、学校から帰ってきた私を認める。私はその日、初めて生理があったのだ。それを知った女の目が侮蔑的に光る。（中略）

——思い出した、あんたはこういったのよ。おまえのような不細工な娘は、結婚もできなければ子どもも産めるわけがない。それなのにそうやって体は妊娠の準備をする、って。嗤ったんだ。

（『沼地のある森を抜けて』一四六頁）

ぬか床に象徴される家庭での女の仕事に疲れて、女性になっていく娘（本当の親子ではないが）の成長を否定し傷つける言葉を吐く。これを聞いた久美は、「あんたはまるでカッサンドラだ。」と、不吉な予言をするギリシャ神話のカッサンドラの名で相手を呼ぶ。つまりカッサンドラは、久美の無意識に巣くう「悪い」母親である。しかし、久美はカッサンドラが消える時に、次のように思う。

これは……母だ。私の思い出の中にいる母だ。私は慌てて立ち上がり、やっと会えた母を夢中でかき抱こうとする。ああ、私は、どんなに母に会いたかったことだろう。一人の夜、何度母が恋しくて泣いたことだろう。しかし、透明になってようやく姿を現した母の体は、寸前でかき消えてしまった。

（『沼地のある森を抜けて』一四七頁）

このように、久美は失われた母親に対する喪失感を味わいながらも、「悪い」母親を消すことに成功した。

久美が芥子粉をぶちまけてジョーカーを消したことは、富士さんのいう「沼地の純粋性」を変えていくきっかけとなる。沼地の変化については後でみていくが、その前にぬか床が表している日本社会の父権的「空気」について検討してみよう。

父権社会と「偽りの自己」

『沼地のある森を抜けて』で「ぬか床」が象徴する日本の家制度の父権的意識は、「偽りの自己」に相当する。

例えば、久美の友人が、結婚前にドライブの途中で恋人の実家に寄った時、彼の両親は当然のように、夕食のおかずを久美の友人の分だけ出さなかったというエピソードがある。友人はモヤモヤを抱えながら結婚したが、それは疑問を自分で解こうとしたからではないかと久美は考えた。

私が思うに、彼女は一つずつ、その疑問符を開いていきたかったのだと思う。自分の納得できる理由を見つけたかったのだ。そうでないと気持ちが悪い。一つの答えを希求する理科系気質が彼女を深みにはめていった。（中略）

疑問符が日常に畳み込まれていくたび、家庭という不可思議なぬか床は醸成されていくのだろう。その曖昧さは、考えただけでも窒息しそうなほどだ。

（『沼地のある森を抜けて』一三三―一三四頁）

ここでは「家庭という不可思議なぬか床」とあるような封建的な父権的「空気」と、合理的な感覚との相容れなさが描かれている。「空気」はなんとなくそうなるものなので、合理的な検討にはなじまないだけに解決が難しい。

さらに深刻な例は、風野さんの家族の場合である。風野さんはもともと時子叔母と同じマンションの住人だったので、彼女からぬか床の相談を受けていた男性である。作中で「すごくボーイッシュな女性」「中性的」と評されるような外見で、意図的に女性言葉で話すという特徴がある。

久美と最初に会った時の様子は次のようなものである。

――時子さんの姪御さんなんだ。すぐわかった。入り口で。

風野さんは、にっこり笑いながらアイスコーヒーを飲んだ。やはり女性というには低い声。けれど「女言葉」。細くて長い指。けれど節々がゴツゴツと目立っている。ひげ剃り跡が青々としている。ファンデーションでいくらでも隠しようがあるのに。女としてやってゆくとしても、いくつか改良の余地がある。だが彼はそのことに殊更時間を割くほど、ナルシスティックな強迫性はなさそうだった。

（『沼地のある森を抜けて』一二〇頁）

話し方も含めて男性であることを拒否しているが、ことさらに女性性に同一化しようとはしていない。

彼がこのようなスタイルを選ぶようになったのは、実家での出来事がきっかけである。彼は少年の頃から「男の子は台所に入るものではない」という「空気」を吸って育ち、それを受け入れていた、しかし父と祖父が癌の母に病名を伏せて食事を作らせ続けたあげく、葬式からしばらくして「結納金のわりには案外もたなかったな」と祖父が言ったのを聞いて、怒りで日本刀を持ち出した自分に風野さんはショックを受けた。

何と私は、床の間にあった日本刀を持ち、鞘から抜こうとしていたのよ。愕然とした。私はそのとき、自分も属していた横暴な父権社会の身勝手さに憤慨していたわけだけれど、その腹の立て方、抗議の方法は男そのものだったわけよ。問答無用、よ。愕然とした。本当に愕然とした。（中略）

——それで男を捨てたの。手術したわけじゃない。精神的、意識的にね。でも、女を選択したわけでもないから。強いていえば無性であることを選んだ。

（『沼地のある森を抜けて』一九二頁）

こうした父権社会の「空気」も、『ハーモニー』で描かれていたネット空間による社会コントロール圧力同様、異質なものを排除する「みんな」という、社会レベルの「偽りの自己」の一種である。その中で独自のスタイルを作り出そうとしている風野さんは、彼自身の実験的な

「偽りの自己」の持主といえるだろう。

新たな生殖と生命

富士さんは「沼地から生まれた人間は、みな、ひとつ、という感覚があります。」(『沼地のある森を抜けて』四五三頁）と言う。つまり沼地から生まれた人々の住む鏡原の村は、梨木香歩が『ぐるりのこと』でエッセイとして書いた、日本社会の「みんな」という群れ意識のメタファーなのである。そして『沼地のある森を抜けて』の最後の方では、この沼地に有性生殖がもたらされて、一つの「みんな」という意識が超えられていく様子が描かれている。

富士さんの説明では、鏡原の村は生殖の仕方の点で変化を望まずに長いこと続いてきたが、「みな、ひとつ」である鏡原の意思が、変化の時期が来たことをある時点で悟った。その結果、鏡原出身の久美の曾祖母と上淵出身の曾祖父が、ぬか床に使う沼地の泥とともに島を出ることになった。そしてその後、太古から続く無性生殖という沼地の特殊性を損なう異物を排除するジョーカーという存在を、久美が芥子粉をまくことで消し去った。これらは鏡原という場において、「みんな」という群れ意識の境界が超えられていくことにつながるのである。

久美は風野さんとともに、ぬか床の中身を島の沼地に返すために島を訪れる。ぬか床はかき混ぜないでいたために、白銀色に変わっていた。

――……カビ？　……状況によって、カビにも酵母にもなる菌が、あることはあるけど……。

――カビだったら、これは胞子でしょう。でも、これは……。

――花粉だ。この匂いは。

（『沼地のある森を抜けて』五〇一頁）

ぬか床の酵母菌は、有性生殖を行なう雄性細胞に変化していたのである。二人はそれを沼に投げるが、大潮で海水と混じった沼地の藻類が雌性細胞に変化していて、沼地で植物の有性生殖が起きる。そして、すでにぬか漬けを食べることで沼地の酵母を体内に取り込んでいた二人も、こうした沼地で起きている作用に動かされるようにして、男女として結ばれる。

久美は原初のたった一つの細胞の記憶、圧倒的な孤独ともう一つの細胞を求める願いに思いをはせる。

変容して止まない生物。その昔の、たった一つの細胞の記憶――孤独。

そうだ、本当に、私にはその記憶がある、と、そのことを忘れていた古い傷の痛みのように思い出した瞬間、私はごく自然に、風野さんの肩に頭をもたせかけた。風野さんは私の髪に軽く口をつけた。そして、それをゆっくりと移動させた。花粉が、風に乗って拡がってゆく。それが私の髪にも触れてゆく。（『沼地のある森を抜けて』五〇五頁。傍線引用者）

男女というより、太古から続く細胞の孤独を体内に感じ、それに動かされるようにオートマティズム的に行動しているのが、傍線部の「ごく自然に」という表現から読み取れる。また、傍線部の花粉の描写があることによって、二人の行為は植物の有性生殖とシンクロしていく。さらに、人間と植物と鉱物の境界が取り払われた表現もみられる。

私の中に取り込まれていた「孤」は、太古の植物の胞子。それは、岩石の内部に、軟マンガン鉱の結晶が育ってゆくように、一つの細胞から羊歯状に世界へ拡がりゆく、譲りようのない鉱物的な流れ。私の全ての内側で、発芽し、成長し、拡がるたびに身を裂くような孤独が分裂と統合を繰り返す。解体されてゆく感覚（『沼地のある森を抜けて』五〇七頁）

久美の中では引き裂かれ、解体されていく感覚と、「発芽し、成長」するという感覚が、矛盾を超えて一体となっている。こうした表現は、これまで何度か言及した『裏庭』で、滅びゆく桜の巨木クォーツァスの生涯の名残の夢を、主人公のテルミィがビジョンとして見る場面でも使われている。

苗木はどんどん大きくなる。四方に枝を伸ばし、葉を繁らせる。やがて天をも衝かんばかりの大木になる。その張り巡らせた地下茎からはどんどん新しい芽が育ち、大地からしっかりと水を吸い上げ、生命の循環を営んでいく……。

――これがこの大王樹の一生なんだ。崩れ去るクォーツァスが、名残の夢として、このビジョンを送っている。

（『裏庭』三六九頁）

テルミィが現実に帰ることによって今の裏庭という異世界は滅び、その世界と一体であった大木クォーツァスもこのように一生を終えていく。しかし現実世界に照美として戻ってこれから生きていく少女に向けて、クォーツァスはこうした自分の生命と成長のビジョンを送る。

古い生命が失われることと、新たな生命が生み出されることが一体となっているこのような表現は、「空虚」を内包する本来のナルシシズムとして、思春期の少女照美の心の成長を生み、大人の久美の心を男女・植物・鉱物の境界を超えて拡げるものである。前章で使った言葉でいうと完全形のナルシシズム＝メタファーなのである。

『沼地のある森を抜けて』の最後に、次の詩が書かれている。

生まれておいで

この、壮大な命の流れの
最先端に、あなたは立つ
たった独りで

顔を上げて
生まれておいで

輝く、生命よ

（『沼地のある森を抜けて』五一三頁）

『沼地のある森を抜けて』の冒頭と最後には、久美の誕生前の母親と時子叔母の会話が書かれている。この詩はその後に置かれており、物語の締めくくりになっている。生まれてくるのは久美であるとも、久美と風野さんの子どもであるとも取れるし、さらには読者の生命に向けたメッセージとも受け取れる。様々な境界線を超えて進んでいく「生命」というテーマが、よく伝わるよう工夫された終わり方である。

第4章　現代のサブカルチャーにみられるナルシシズムと自我理想

1　現代のサブカルチャーとナルシシズム

ナルシシズムの二面性

アニメ・マンガ・ライトノベルなどは現代の若者の生活において大きな存在である。この章では、こうした現代のサブカルチャーにみられるナルシシズム的な特徴について考えてみたい。その際に、これまでしばしば触れてきた自我理想に、焦点を当てていく(1)。

ナルシシズムという言葉には、自閉的で現実逃避的というネガティブなニュアンスも含まれるが、この本ですでにみてきたように、ナルシシズムは単に否定的でも肯定的でもない複雑さをもった概念である。

ナルシシズムは幼児期に同一化した「想像的な父親」という、空虚感の支えとなる存在との関わりでとらえられる。またナルシシズムの達成によって自我からの自我理想の分化が起こるとされる。第1章でも軽く触れたが、「自我理想」(ego ideal)とは「良心」と言い換えられるような心の仕組みである。フロイトは社会のルールを心に取り入れたものである「超自我」(superego)とあまり区別していないが、自我理想は幼児期のナルシシズムの後継として、全能感と分かちがたい「自分がなりたいと思う理想のイメージ」をもつことで自分を律するものなので、禁止や罪悪感を特徴とする超自我とは対照的でもある。幼児はナルシシズムや自我理想に温かく包まれることで、思うようにならない現実の「空虚」に向き合う力を身につける。こういった特徴が、現代のマンガなどにみられるのである。

例えば堀越耕平『僕のヒーローアカデミア』というマンガの主人公緑谷出久《いずく》(通称デク)は、オールマイトというアメコミ調の絵柄で描かれる絶対的ヒーローに憧れ、自分もヒーローになるために様々な苦境に耐えて努力していく。この作品は「個性」と呼ばれる超能力を多くの人がもつようになった社会が舞台だが、デクはヒーローへの憧れをもった「無個性」の少年だった。しかし、ある事件をきっかけにオールマイトの「個性」を受け継ぐことになる。憧れの存在を、いわば同一化したのである。ヒーローになるための高校で、デクはオールマイトの髪型をまねた二本の角があるコスチュームを作る。これも同一化の例である。デクにとってのオールマイトは、自我理想の非常にわかりやすい例といえる。

ナルシシズムには、幼児期の「母親からの分離」と喪失感を否認して全能感にしがみつくという否定的な面だけでなく、幼児期の同一化によって分離の不快を保持できるようになり、そこから自我理想、さらには大人のもつ社会的理想が発達するという肯定的な面がある。誇大で自己中心的な幼児性と自我理想の形成という二つの面は、分かちがたく混じって存在するが、あえてそれを分けるものを挙げるならば、それは受け入れたくないものを「否認」するかどうかという点であろう。

現代日本のサブカルチャーは、ナルシシズム的な特徴を多分に含んでいる。「2次元」であることに思いを込める現代のアニメやそのファンは、現実逃避的ではあるが、そこに社会の一般的な価値基準とは若干違うとしても、ネガティブな体験に耐えるための自我理想を自分なりに作り出したり、そうしたプロセスを経て現実での他者との関係性を構築したりというような、ナルシシズムのポジティブな面もみられるのだろうか？　この章では、こうした問題を考えてみたい。

マンガ・アニメの全能感

マンガやアニメなどには、設定で主人公に付与されている特別な能力のように、読者に強くアピールする全能感の表現がよくみられる。そうした全能感はナルシシズムの特徴でもある。クリステヴァのいうナルシシズムは、全能感を与える対象を心に取り入れることによる分離の「空虚」の受容である。まずは近年の話題作や昔の名作などからいくつか具体的な例を取り上げて、全能感の表現をみてみよう。

例えば吾峠呼世晴《ごとうげこよはる》『鬼滅《きめつ》の刃《やいば》』は、鬼に一家を惨殺された主人公竈門炭治郎《かまどたんじろう》が鬼狩りの集団である鬼殺隊に入って、鬼に変化したものの生き残った妹の禰豆子《ねずこ》とともに戦う話である。炭治郎はたまたま鬼と戦う運命となったが、実は鬼の始祖であり他を寄せつけない強さをもつ鬼舞辻《きぶつじ》無惨に、かつて唯一勝利した剣士縁壱《よりいち》と交流のあった炭吉《すみよし》の子孫であった。縁壱の剣の型と独特の呼吸法を、竈門家に代々伝わる「ヒノカミ神楽」の舞いを通して受け継いでいた炭治郎は、鬼殺隊の中でただ一人強力な「日の呼吸」を使うことのできる特別な存在だったのである。

こうした主人公の「特別」さは、読者、特に子どもの自己愛を満たすのに有効である。そのため、昔からマンガやアニメでは、例えば『巨人の星』の魔球、『宇宙戦艦ヤマト』の波動砲などのように、「必殺技」に類するものが、活用されてきた。

小畑健作画のマンガ『ヒカルの碁』と『DEATH NOTE』では、どちらも主人公に本人のもつ以上の力を発揮させる仕掛けが用意されている。『ヒカルの碁』では主人公の小学生進藤ヒカルは、藤原佐為《ふじわらのさい》という過去最強であった囲碁棋士の霊のおかげで、並み居る強敵を倒していく。『DEATH NOTE』では主人公の夜神月《ライト》は、顔を知っている相手の名前を書き込むことで殺せる死神のノート「デスノート」を所持することで、他人の生殺与奪の権を握っている。

この二作品の場合はたまたま付与された能力だが、『巨人の星』のように努力によって特別な力を手にするという場合もある。いずれにしろこうした全能感の表現は、見る者のナルシシズムに訴えて興味を引きつける、大きな魅力を作品に与えている。

空虚感とオートマティズム

一方で、ナルシシズムによって保持されるべき喪失感や空虚感も、現代のアニメなどに広く見られる。

学園を舞台にしたボーイ・ミーツ・ガールの群像劇はアニメやライトノベルの定番で、そこでは主人公は空虚感を抱いていることが多いが、主人公の空虚感は放っておかれることはなく、その空虚感を癒したり満たしたりしてくれる変わり者の彼女／彼氏／その他（異世界、モンスター）などが描かれることが多い。

例えば、谷川流《ながる》のライトノベル『涼宮ハルヒの憂鬱』では、冒頭でキョンというあだ名の主人公の、「朝目覚めてから夜眠るまでのこのフツーな世界」に比べて魅力的な「アニメ的特撮的マンガ的物語の中に描かれる世界」への憧れが語られる。しかし高校生の彼は「現実ってのは意外と厳しい」ことを悟り、自嘲気味に自らの憧れを「ガキな夢」と呼んで日常の退屈さを受け入れようとしている（『涼宮ハルヒの憂鬱』六–七頁）。だが、高校のクラスで涼宮ハルヒという変わり者の女子生徒に出会って、彼が物足りなく感じていた日常は憧れていた波瀾万丈の世界へと変貌していく。

また、アニメはアニメーションという名が示す通り、動きを特徴とする。そのため、精神分析において被分析者が言葉によって自分の主観的な世界に触れるだけであるのと異なり、アニメの視聴者は躍動する映像に没入することを通して、空虚感やその解消を実際に体感できる。手塚治虫や宮崎駿のアニメに多くみられる、主人公と悪役の追跡劇もそうである。例えばスタジオジブリの『もののけ姫』冒頭で主人公のアシタカがタタリ神というグロテスクな怪物に追われる場面では、視聴者は心に浮かび上がるアブジェの脅威から逃れるという無意識のプロセスを、アニメーションのイメージを通して体験することができるのである。

以下、作家と作品に即して、こうした点を具体的にみてみよう。

2　宮崎アニメと自我理想

様々な「空虚」の表現

日本のアニメ界を代表する存在であるスタジオジブリの宮崎駿アニメには、様々なナルシシズム的特徴がみられる（厳密にいうと宮崎駿監督作品と彼が監督したジブリ作品は分けられるが、ここでは宮崎アニメとしてまとめて考える）。ナルシシズムがどのように「空虚」を覆っているかに注目して、検討してみよう。

宮崎アニメには、「空虚」の表現と考えられる要素が多くみられる。『未来少年コナン』や『風の谷のナウシカ』など初期の作品には、当時の冷戦と核兵器の恐怖という時代背景に由来するであろう終末的設定があり、その後の『魔女の宅急便』や『千と千尋の神隠し』などでは、仕事を通して社会と関わっていく成長期の少年少女が体験する日常的な不安や葛藤が、ファンタジー的な設定を使って描かれる。そうした「空虚」を覆って楽しいものに変えるナルシシズムの表現としては、児童向けアニメならではの現実を無視した超人的な身体能力や「飛ぶこと」へのこだわり、優しく抱えてくれる母親的キャラクターや自然の中の素朴な暮らしなどがある。

もう少し詳しくみていこう。

「飛ぶ」場面とナルシシズム

初期のテレビアニメ『未来少年コナン』(2)では、原作であるアレグザンダー・ケイ『残された人びと』の設定を踏襲して、世界が超磁力兵器によって破壊された後の地球が舞台であり、これ以降宮崎アニメには終末のモチーフが繰り返し現れる。例えば『風の谷のナウシカ』では、核兵器を思わせる巨神兵という大量破壊兵器が起こした「火の七日間」で、人類が滅亡に瀕した後の世界が描かれており、『天空の城ラピュタ』では世界征服の野望をもつ権力者が手に入れようとする、世界を滅ぼせるほどの強い兵器が登場する。

このように設定に冷戦と核兵器による破滅の恐怖というリアルな世界情勢を取り入れている点は、現代の若者向けアニメに比べて現実逃避的ではなく、同時代の社会に向き合おうという姿勢がみられる。見方を変えると、そのような社会への姿勢が、子ども向けの作品を含めたアニメ視聴者に受け入れられるような、社会的な暗黙のコンセンサスがあったといえよう。

一九八〇年代半ば頃までの宮崎アニメでは核兵器を暗示する最終兵器による人類絶滅の脅威がしばしば描かれるが、そのような不安は冷戦の終結もあって徐々に明確でなくなり、現代では当時ほど根強く社会に共有されていない。しかし、八〇年代末の『魔女の宅急便』でも、宮崎駿は若い世代の少年少女たちが自立に向けて成長していく様子を描くことで、やはり現実に向き合うことの重要性を伝えようとしている。精神分析的にみると、社会的理想につながる自我理想の表現を、一貫して志向しているのが宮崎アニメなのである。そして、そこに「飛ぶこと」へのこだわりがあることによって、少年少女が楽しく自我理想を獲得できるようなナルシシズム的な満足を提供している。

まずは八〇年代半ば頃までの宮崎アニメにおける、「飛ぶこと」へのこだわりをみてみよう。『未来少年コナン』では、コナンは自然の中で育ったたくましい少年という設定だが、その身体能力は誇張されて描かれている。近未来ディストピア風のインダストリアという都市の兵士にさらわれた、ガールフレンドのラナを救うために、コナンは何十メートルも跳躍してラナの乗る飛行艇の翼に飛び移り、振り落とされそうになると足の指だけで翼にしがみつく。その後さらわれたラナを追ってインダストリアに潜入したコナンは、三角塔という高層建築から救い出したラナを抱えて飛び降り、数十メートル下に着地するが、全身がしびれた程度で動き出すマンガ的な全能感の表現もみられる。ラナはテレパシー能力をもっていて、アジサシのティキに同化して空から行方不明になったコナンを探すが、これも「飛ぶこと」の表現である。『風の谷のナウシカ』では、主人公のナウシカはエンジン付きの小型グライダー、メーヴェで風に乗って自由に空を飛ぶ。これは特に人間離れしてはいないが、「飛ぶこと」の開放感を見る者に体感させてくれる。『天空の城ラピュタ』では主人公パズーは父の後を追うようにして空飛ぶ島であるラピュタを目指し、空から人類を支配しようと企む権力者から世界を救う。

その後、八〇年代後半からの宮崎アニメでは、「空虚」といっても『となりのトトロ』での家族の病気や、『魔女の宅急便』での一人暮らしの不安のような、日常的なものが描かれるようになった。そこでも「飛ぶこと」は、子どもや若者の夢や憧れ、成長とつながっている。『魔女の宅急便』の主人公キキは、十三歳で独り立ちして、魔女として一人前になるための修行に出る。旅立ちの場面は未来への希望にあふれていて、ラジオを聞きながらホウキに乗って夜の町の上を飛ぶシーンは、宮崎アニメならではの「飛ぶこと」の気持ちよさを感じさせてくれる。

キキの飛行がもたらす開放感はコナンのような終末感や理想とつながってはいないが、今の若者が町に出て独り暮らしを始める時のようで親しみやすい。旅立った夜に先輩の魔女と空で会話する場面にみられるように、若者の日常の延長に「飛ぶこと」がある。キキは新しい町で魔女としての飛ぶ力を生かした宅急便の仕事をすることで独り立ちし、途中飛ぶ力が弱まるというスランプに陥っても、ボーイフレンドや周囲に助けられながら乗り越える。

飛行は全能感の表現であり、ナルシシズム的である。ユング派の分析家であるフォン・フランツは『永遠の少年』で、飛行機を愛したサン＝テグジュペリの自己愛を論じた(3)。宮崎アニメの登場人物たちが超人的なジャンプをしたり空を自由に飛んだりするのを見ることで、視聴者は終末感漂う暗い状況や日常的な悩みなどを吹き飛ばす、ナルシシズム的満足を体感するのである。

宮崎アニメの母性

また宮崎アニメの女性キャラクターは、しばしば母性的な特徴を備えている。例えば『風の谷のナウシカ』のナウシカは、放射能に汚染された「腐海《ふかい》」と呼ばれる菌類の森や、そこに住む巨大な蟲たちにも愛を注ぐし、宮崎駿自身によるマンガ版では傷ついた兵士を癒す慈母のような存在である。

このように女性の母性を強調する物語は、保守的（家父長制的）であるとして批判されることもある。しかし、この本ではナルシシズムを成立させる「抱える」機能との関わりで母親的なものをとらえており、必ずしも性別が問題なのではない。実際、宮崎アニメにおける母親的なものは女性キャラクターに限られず、人間ですらない場合もある。

『風の谷のナウシカ』には、王蟲《オーム》というビルほどもある巨大な蟲が登場する。殻で覆われた体をもつ奇怪なオブジェのようなこの蟲は、序盤から終盤まで様々な形でストーリーに関わってくる、重要なキャラクターである。腐海の中心に巣をもち、森や蟲が攻撃されると、普段は青い多数の複眼を攻撃色の赤に変えて、襲ってくる。ナウシカはそれを「怒りに我を忘れてる」と表現するが、この状態はコフートが「自己愛憤怒」と呼んだ、自己愛の問題を抱えた人がプライドを傷つけられた時に示す、自分でもコントロールできない持続性の極端な怒りと似ていて、興味深い。

王蟲は個体でもこうした怒りを示すが、集団で怒りに陥って暴走することもある。特に腐海や蟲を人間が攻撃した場合にそうなり、しばしば暴走した王蟲たちの死骸のせいで、多くの都市が腐海に呑み込まれていった。腐海は、実は放射能汚染を除去する機能をもつエコシステムだったということが作中では示される。つまり王蟲を含む蟲や腐海は、核兵器などで自滅しかける人間の愚かさへの、「自然」の怒りと慈愛のシンボルのような存在として描かれている。

このような王蟲だが、この後みていくように、実は母親的といっていいエピソードも多く描かれている。つまり、宮崎アニメのキャラクターにみられる母性的な特徴は、実在の女性がそうであることへの願望というよりも、何らかの「抱える」存在によって「空虚」が保持されることの重要性を表現しているのではないだろうか。

触手で包む王蟲の母親性

では、このシュルレアリスムのオブジェのような外見の王蟲が、幼児にとっての母親のように包みこんで「抱える」機能を果たしているという点を検討してみよう。

巨神兵の繭を積んだペジテという国の飛行船が、腐海の蟲の大軍に襲われてナウシカのいる風の谷に不時着した時、傷ついたウシアブという車ほどの大きさの蟲を、ナウシカが腐海に送り届けるエピソードがある。このシーンでは醜いウシアブをいたいけな子どものように扱うナウシカの母性とともに、腐海の縁まで傷ついたウシアブを迎えに出てきていた王蟲にも、傷ついた我が子を慈しむような母性が感じられる。(4)

また、巨神兵の繭を奪うために風の谷に攻めてきた軍事大国トルメキアにとらわれたナウシカが、将軍のクシャナという女性らとともに腐海の王蟲の巣に不時着した時、水底から多くの王蟲が浮上してくる印象的な場面がある。この本の内容に引きつけていうと、無意識からアブジェ的なものがオートマティックに浮かび上がってくる場面のように見え、アニメーションのもつ「動き」の特性が、心理的内容の表現として効果をあげている好例である。

集まってきた王蟲にナウシカは心を開いて呼びかけ、それに応じて王蟲たちは金の触手でナウシカを調べるのだが、金の触手に繭のように包まれたナウシカは金色に輝く草原の幻影を見る。このシーンの映像のつながりは興味深い。

一九八二年に掲載された宮崎駿による原作マンガの同じ場面では、王蟲の触手はただの不気味な感じの触手でしかなく、金色に輝く草原も描かれていない[5]。それが一九八四年公開のアニメでは、王蟲の触手は金色に輝き、それが繭状にナウシカを包んで、いわば「抱える」形になっている。そして空想の中でナウシカは防毒マスクを取り去って白いシャツ姿になり、金色の草原で木漏れ日を浴びる幻影を見る。ここでは奇怪な王蟲という生物と、母に抱かれるように繭に包まれて見る美しい風景の空想が、メタファー的につなげられているのである。

対象関係論では、「悪い」母親と「良い」母親が同じものであると体験することを「アンビバレンス」（両義性）と呼び、ネガティブな面をきちんと心に保持できるという、幼児にとっての大きな心理的達成を示すものと考えられている。奇怪な王蟲と母親的な「抱えること」がつなげられている先ほどの一連のイメージも、アンビバレンスの表現といえよう。視聴者はこのようなアニメーションの動的なイメージを通して、幼児期の内的なプロセスを再体験できるのである。

労働者の自我理想と独裁者

こうした幼児期にも通じる内的で私的な体験がみられる一方、その背景に二十世紀半ばから後半の作家に共有されていた、全体主義的管理と独裁的権力者に対抗するというテーマが、特に一九八〇年代ぐらいまでの宮崎アニメにはみられる。管理に対抗して団結した人々（特に労働者）が自由を目指して立ち上がるという、社会的に共有された自我理想が、未来を担う子どもたちを含むアニメの受け手に示されているのである。乗り越えるべき敵と進むべき未来がはっきりしていたというのは、今と比べて受け手にも作り手にも幸福な状況だったのかもしれない。『未来少年コナン』の原作にあるような東西冷戦下での核戦争の恐怖と、それと対峙する六〇年代以降の若者の反戦平和運動などは、同時代に共有された一つの自我理想に昇華され、困難な状況を打開する道しるべとして、当時の多くの作品に反映されている。例えば手塚治虫が一九六五―六六年に連載した『Ｗ３《ワンダースリー》』では、科学技術が発達した優れた宇宙人の組織である銀河連盟の会議で、戦争に明け暮れる地球人を反陽子爆弾で滅ぼすかどうかが議論になった。その判断をするために銀河パトロールのベテラン３人組ワンダースリーが、調査員として地球に派遣される。最後にワンダースリーが銀河連盟に逆らってまで地球を救う判断をした理由は、地球人の少年と彼らとの間に生じた信頼関係である。

『Ｗ３』で反陽子爆弾というオブジェが核兵器を暗示する最終兵器として登場するように、宮崎アニメでも『未来少年コナン』の超磁力兵器を搭載した巨大戦闘機ギガントや『天空の城ラピュタ』の「ラピュタの雷《いかづち》」のような、権力者が手に入れようとする大量破壊兵器がしばしば登場する。そうした兵器が使われるに至るストーリーの流れは、対象関係論的にみると否認している「悪い」部分にエネルギーが注がれた心の状態に当たる。「悪い」対象は活性化し、「良い」対象はそれに迫害される。例えば、『未来少年コナン』のラナが権力者レプカに脅迫されるように。

それに対して宮崎アニメでは、傷ついたものや弱いものを優しく保護して戦うナウシカのような「良い」母親が描かれ、『未来少年コナン』では社会的な一種の自我理想として、団結する「良い」人々である「労働者」が描かれる。そして主人公たちの活躍で、不幸で傷つけられた者が守られ、権力者は退けられるというハッピーエンドにつながる。それは幼児が自分が知らずに傷つけていた心の「良い」部分が修復されるのに相当する。つまりアニメーションの動きにともなって無意識のオートマティズムが起こり、観客の心を「団結した人々が新しい社会を築いていく」という理想的イメージの受容へと向けるのである。

では、現代のアニメや小説の自己愛の表現はどうか？　次にアニメ化されたボーイ・ミーツ・ガールの小説として、西尾維新『化物語』のアニメと原作の冒頭を取り上げてみたい。

3　西尾維新と村上春樹

『化物語』冒頭のナルシシズム的表現

村上春樹作品には何かが「ない」キャラクターが登場することを第2章でみたが、現代のサブカルチャー作品の登場人物にもそうした特徴がしばしばみられる。例えば西尾維新『化物語』の主人公阿良々木暦《あららぎこよみ》は、自虐的で物事に熱くなれないニヒルを気取った高校生である。こうした空虚感をもつ主人公の前に、超自然的な存在に体重を奪われた女性キャラクター戦場ヶ原ひたぎが現れる。彼女も村上春樹作品にみられるような、「不在」を含むキャラクターである。この節では村上春樹との比較も交えながら、現代のサブカルチャー作品と宮崎アニメのような二十世紀後半の作品の自己愛の表現にみられる違いについて考えてみる。

『化物語』では、先ほどみたような「空虚」を覆うナルシシズムの表現として、全能感とみることのできるいくつかの設定がある。まず暦は吸血鬼に襲われて二週間ほど吸血鬼に変化していた時期があったので、人間離れした不死身の能力がある。次に暦を助けてくれた忍野《おしの》メメというやはり人間離れした能力の持主がいて、ひたぎにも助力してくれる。こうしたものを通して、この作品は視聴者にナルシシズム的満足を提供する。

怪異にとりつかれ傷ついた女性キャラクターは、暦にとって『未来少年コナン』でいうとラナのような、守るべき傷ついた「良い」存在だが、全能感に満ちた奇抜な状況設定下で様々な変事に紛れてしまうので、彼の空虚感の根にあるものは明確にならない。高校の階段で空中を落ちてくるひたぎを受け止める冒頭の出会いの場面もそうである。これはジブリの『天空の城ラピュタ』で、炭鉱の少年労働者パズーが、身につけている「飛行石」という特別な石の作用で浮遊しながら落ちてくるシータという少女を受け止める場面と表現的にはよく似ており、ジブリの「飛ぶこと」のナルシシズムの延長とも考えられる。

滑って階段の上部から墜落してきたひたぎを受け止める暦は、その体重が軽いというよりほとんどないことに驚く。ひたぎは口止めのために暦を恫喝し、ホチキスで口を止める。口止めのために口を止めるというのは、西尾維新作品の特徴である言葉遊びである。しかし、元吸血鬼の力で傷がすぐ治ったことから暦に関心をもったひたぎを、暦は忍野の所に連れていき、ひたぎは体重を取り戻す。心理的にみると、暦はこのようにして「良い」対象を修復したのである。

空虚感、攻撃性、全能感と修復などの前エディプス期の心理的内容が、ホチキスというオブジェを前面に出したアニメらしい表現で描かれている。こうした特徴は原作でも同じである。冒頭部分をみてみよう。

戦場ヶ原ひたぎは、クラスにおいて、いわゆる病弱な女の子という立ち位置（中略）頭は相当いいようで、学年トップクラス。［全能感、スクールカースト意識］（中略）友達はいないらしい。（中略）己の周囲に壁［春樹的］を作っているのだった。そこにいるのが当たり前で。ここにいない［不在感］のが当たり前のように。（中略）

咄嗟に受け止めた戦場ヶ原ひたぎの身体が、（中略）軽かったからだ。
ここにいないかのように。

（『化物語』上、一〇一一三頁。傍線引用者、［　］内は引用者のコメント）

クラスでの立ち位置、成績、友人の有無などへの言及は、現代の若者が敏感に反応するポイントだろう。周囲に壁を作っている主人公というのは、村上春樹作品にもよくみられる。この引用部で特に印象的なのは、繰り返される「ここにいない」というフレーズによって強調される不在感の強調である。これも第2章で検討した村上春樹作品の特徴と共通している。体重を奪われたひたぎの「軽さ」も空虚感のメタファーになっている。

「修復」の社会性と個人性

こうした「不在」に悩む女性キャラクターの「修復」というストーリーは宮崎アニメや村上春樹作品と同じだが、パズーが少年労働者で炭鉱という場所にいるのに対し、『化物語』の暦のいる高校はアニメでは幾何学的な管理社会的なイメージで表現されている。この点をもう少し掘り下げてみよう。

『天空の城ラピュタ』では、労働者や庶民の側に立つ主人公の少年という自我理想や社会的理想を明確に示すために、空から落ちてくるシータを受け止めるパズーは少年労働者として炭鉱にいるのである。

一方、暦がひたぎを受け止めるのは、退屈で疎外感を覚えさせる現代の画一的な校舎である。アニメの冒頭で暦が学校のカバンを取り落としてひたぎを受け止める演出は、学生生活に刺激を期待する若者の願望に訴えるものだ。暦がひたぎを「修復」する背景にあるのは、社会的理想というより個人的な期待や願望である。

ひたぎ以外にも次々現れる女性キャラクターたちは、主人公になぜか関心を寄せる。集まってくる傷ついた「良い」対象であるような女性キャラクターを暦が「修復」するのだが、それは偶然や全能性や自分以外の力によって可能になるので、暦が自分の空虚感や自己愛的な防衛を見据えるきっかけにはならない。『化物語』はボーイ・ミーツ・ガールという点では宮崎アニメと似ていなくもないが、こうした社会的に共有された自我理想の表現という点での違いがある。それが現代のサブカルチャー作品の特徴なのだろうか？

こうした変化の転換点に当たる一九八〇年代から作家として活動するようになり、独特の比喩などの言葉遊びを多用する点や、社会から距離をとる主人公のところに奇妙な女性キャラクターが次々訪れる点などの特徴が、西尾維新の直接の影響源と思われる村上春樹の作品と比較することで、その辺りをもう少し掘り下げてみたい。

『ダンス・ダンス・ダンス』のユキ

村上春樹は中学生から初老まで幅広い年齢層で、現実の手前で立ち止まって進むことができずにいる主人公を多く描いてきた。中でも大学を出てから三十代ぐらいまでの男性主人公が典型的である。

彼らの「空虚」をカバーするのは、宮崎アニメと同様、母親的な女性キャラクターである。彼女たちは主人公の自己愛的防衛を破って喪失感を癒す存在だが、女性キャラクターの側にも喪失感と自己愛的防衛があるという点を、村上春樹はとらえている。

『ダンス・ダンス・ダンス』に、ユキという少女が登場する。初見で主人公が感じた印象は「どことなく痛々しそうな透明さ」をたたえた瞳をもつ「綺麗な子」というものだった。「全てを上から見おろしている」という他人との距離感を思わせる描写もある（『ダンス・ダンス・ダンス』上、六五頁）。ユキには他人の心の中を感じ取る特殊な力がある。こうしたユキの特徴と、先ほどの『化物語』の戦場ヶ原ひたぎの特徴を比べると、「透明さ」は不在感に通じるし、孤独でもあり、超能力という全能性をもつなど、驚くほど似通っている。
母親のアメは才能のある芸術家だが、何かに没頭すると娘の存在を忘れることがあり、結果的にユキを傷つける人物である。ユキが母親のアメに悪気のないネグレクトのような扱いをされて、深いところで傷ついていることを主人公は察知し、欠けている母親的ケアの提供者となろうとする。
アメが娘と友だちになりたいと、主人公に言う場面がある。

会って話をしたいの。そして友達になりたいの。私たち良い友達になれると思うのよ。親とか娘だとかいう以前にね。だからここにいる間に少しでも沢山二人で話をしたいの
（『ダンス・ダンス・ダンス』下、八一頁）

それに対して主人公は、次のように言う。

あなたは彼女にとって友達である前にまず母親なんです（中略）彼女はまだ十三なんです。そしてまだ母親というものを必要としている。暗くて辛い夜に無条件で抱き締めてくれる

ような存在を必要としているんです。（中略）彼女に必要なのは中途半端な友達じゃなくて、まず自分を全的に受け入れてくれる世界なんです。

（『ダンス・ダンス・ダンス』下、八一－八二頁）

「暗くて辛い」という空虚を、幼児にとっての母親のように「全的に受け入れてくれる世界」として「抱き締め」るという、本来のナルシシズム的な必要を、よく表現しているセリフである。

この後、母親であるアメの態度に傷ついて泣く少女ユキの感情を、主人公は理解し、ある意味母親的に「抱える」。

僕は彼女の肩を抱いて泣きたいだけ泣かせた。僕のシャツの袖はやがてぐっしょりと濡れた。ずいぶん長いあいだ彼女は泣き続けていた。

（『ダンス・ダンス・ダンス』下、八四頁）

主人公は泣き止んだユキに、成長する必要を説く。これはナルシシズムの分離の側面に相当する。

「私どうすればいいの？」
「成長するしかない」
「したくない」
「するしかないんだ」と僕は言った。「いやでもみんな成長するんだよ。そして問題を抱えたまま年をとってみんないやでも死んでいくんだ。昔からずっとそうだったし、これからもずっとそうなんだ。君だけが問題を抱えているわけじゃない」

（『ダンス・ダンス・ダンス』下、八五頁）

ユキはしばしば主人公の喪失感をケアする、村上春樹作品の女性キャラクターらしい役回りも務めるが、ユキの方の自己愛の傷も主人公によって理解され、それに対して共感的に応じる主人公の努力も描かれる。

このように村上春樹作品には、母親的な女性キャラクターが男性を「抱える」だけでなく、女性キャラクターの母親に関する傷つきを男性キャラクターが洞察し、「抱える」場合もあるという相互性がみられる。こうした女性側の「空虚」への気づきは、『ねじまき鳥クロニクル』のクミコやメイの場合など、村上春樹の他作品でも描かれている。

スイミング・スクール妄想

もっとも、主軸は主人公側の分離不安にある。『ダンス・ダンス・ダンス』で、主人公の心の均衡の鍵となるのは、北海道のホテルの受付嬢であるユミヨシさんである。第２章でみたように、彼女が通うスイミング・スクールのインストラクターへの嫉妬から主人公の心に「スイミング・スクール→エジプトのファラオが出てくるハリウッド映画→羊の皮をかぶった予言者→羊男」と続く自由連想風の妄想が湧き、そこから羊男のいる空間への道が開く。類似のスイミング・スクール妄想は作中で繰り返し描写されるが、このこだわりは心理的にみるとインストラクターが主人公とユミヨシさんの間に割って入る「分離」に相当する存在だからと考えられる。

つまりこの自由連想のような妄想は、母親との融合的つながりを求める主人公の自己愛が傷ついたことの表れである。村上春樹はそうした主人公の自己愛的防衛を、オートマティズム的なイメージを使って掘り下げて描いているのである。

宮崎アニメのような「全体主義的権力者」対「団結する人々と未来を担う若者（少年少女）」という広く同時代の作品に共有された自我理想は村上春樹作品には欠けており、その点は『化物語』と同じである。もっとも、「善良な」労働者と「悪い」権力者を対比する、この「良い」側の性善説に立った自我理想自体、現代においてはいささか古びてもいる。

村上春樹作品には主人公自身と周囲に集まる女性キャラクターの心にある「空虚」への洞察がある。これは、「良い」役割を押しつけられた女性側の暗黒面を視野に入れた、新たな自我理想につながるだろう。村上春樹作品は、主人公や周囲の女性たちの様々な自己愛的防衛を掘り下げて描くことで、二十世紀後半の自我理想の刷新に向かっているとも考えられる。

キャラと自己愛

一方『化物語』の登場人物たちは「キャラ」であり、キャラは固定したものなので村上春樹作品のような自己愛的特徴の分析や変容はみられない。しかし、登場人物たちの言葉遊び混じりのやり取りは、「空虚」の言語的縁取りとでもいうべきものとなっている。口封じのためにどうしたらいいかと暦に語りかけるひたぎがホチキスで暦の口を止める場面では、「空虚」がナルシシズムの中に保持されて安定するまで行かなくとも、言葉遊びの効果と暦の元吸血鬼の回復力という全能性の表現によって、視聴者の空虚感はやわらげられる。

しかし、物語は男女キャラクターによる「空虚」を背景にした言語的戯れという地点から動こうとせず、自我理想への意思がみられない点は、宮崎アニメや村上春樹作品との違いと考えられる。この場合、空虚は「保持される」というより「かわされる」のであり、オートマティズムを含むシュールなやり取りもキャラの変容にはつながらない。もしキャラが変わるとすれば、それは「キャラ崩壊」と呼ばれることになる。

二十世紀後半は困難な社会情勢に立ち向かう社会的に共有された自我理想と未来像があったが、今世紀に入ってからはそれが失われて閉塞感のみ残ったのだとしたら、中学や高校のクラスに典型的な閉鎖環境で自分の立ち位置（「キャラ」）を上位にするという、シンプルで視野の狭い世界観に生きることになるだろう。近年、学園ものの「キャラ」小説・サバイバル小説・ディストピア小説などが多いのも、そういう点で共感しやすいからだろう。

ではその閉塞感の打破を描いた作品はないのだろうか？　この観点から、次に現代のマンガから福本伸行『賭博黙示録カイジ』と『アカギ――闇に降り立った天才』、そして人気アニメとして『魔法少女まどか☆マギカ』を取り上げ、閉塞感とナルシシズムの点から考えてみたい。

4　現代のマンガ・アニメの閉塞感とナルシシズム表現

（1）福本伸行『賭博黙示録カイジ』『アカギ――闇に降り立った天才』

負け組とデスゲーム

『賭博黙示録カイジ』（以下『カイジ』）と『アカギ――闇に降り立った天才』（以下『アカギ』）は、迫稔雄《さことしお》『嘘喰い《うそぐ》』、甲斐谷忍『LIAR GAME（ライアーゲーム）』などの、後に続く一連のギャンブル漫画のスタイルを文字通り創造した画期的作品である。『カイジ』はいわゆる負け組男性に焦点を当て、その自己愛的な弱点と、絶体絶命のギャンブルの中で覚醒して一発逆転する様子を描いている。一九九〇年代に始まった作品だが、先ほど述べたような現代の閉塞感のリアルな表現とそれを打破する展開が魅力となっている。

現代の閉塞感を生んでいるのは、前章でみたような社会に根を張っている「偽りの自己」であり、その本質はナルシシズム成立のための「ほどよい環境」の不在である。その状況を打破するためには、目を背けてきた自分自身の弱さと向き合わなければならない。それを可能にするのは、これまでみてきたように、空虚感・不安・恐怖などの感情に耐える支えを提供する存在――幼児期の「想像的な父親」のような存在――である。そのような存在を同一化して幼児はネガティブな感情を保持できるようになるのだが、そこにはある種の全能感も保たれている。ギャンブルのようなゲームを取り扱う作品でも、やはりプレーヤーが全能感に満ちあふれる展開が多いので、それを支えにした閉塞状況の打破という、前エディプス期にも通じるような内容を描きやすい。ギャンブルのもつ危険性も相俟って、本来のナルシシズム成立という点からは失敗に終わっている場合が多いとしても。

『カイジ』の主人公である伊藤開司（以下カイジ）の場合も、「賭博黙示録」、「賭博破戒録」などの各シリーズの最後には、心理的にも経済状況の点でも停滞した状況に舞い戻るというパターンが定着している。それでも物語の途中では、主人公が自らを省みて変化し、絶体絶命の閉塞状況を打破する様子が何度も描かれる。順にみていこう。

『カイジ』では冒頭で「未来は僕らの手の中」というTHE BLUE HEARTSの曲のタイトルから取った言葉が、壁に貼られている場面が出てくる。カイジはそれに対して「積み重ねていない」自分のような人間の未来は明るくないかもしれないと思う。

確かにそれはそうかもしれない／しかしその未来の行方が／誰もみな明るいとは限らない
／野茂や伊達や羽生《はぶ》の未来は明るそうな気がする／なぜなら彼らは積み重ねているから
（『カイジ』1、第1話）

「積み重ねている」という表現に、成功者への羨望と自虐がこもっている。第2章でみたように、村上春樹は「含まれている」などの表現に独特のニュアンスをうまく込めるが、福本伸行もこうした自分流のニュアンスを込めた言葉の使い方がうまい。

この後カイジは後輩のせいで背負わされた借金返済のため、ギャンブル用に準備されたエスポワールという名前の大型客船で、負け組を集めたゲームに参加する。そのゲームとは、ジャンケンのグー・チョキ・パーが描かれたカードを一定数渡されて行なう「限定ジャンケン」という対戦ゲームである。負けた人が殺されるわけではないが、酷使されていずれ死ぬような過酷な環境に落とされることが作中で暗示されているので、これは近年流行っているいわゆるデスゲームの先駆けである。

この設定は現実離れして独特であり、「エスポワール」がフランス語で「希望」の意味だというのも、皮肉がこもっている。また途中で出てくる、カードを買い集めて勝率をあげる策略が現実世界での株価操作と似ているなど、社会的な問題意識もかなり盛り込まれている。つまりゲームが、格差社会を作り出す仕組みのメタファーとして使われているのである。
　ゲームの序盤で必勝法を教えるという男にだまされて負ける瀬戸際に追い込まれたカイジは、自分のこれまでの生き方を振り返る。

　進学や就職／そういう人生の岐路で／その判断を他人に委ねてきたことを思い出す……これはオレの性癖なのだ……／苦しく難しい決断になると投げちまって／それを他人に預ける／自分で決めない／そうやって流され流され生きてきた／その弱さがこの土壇場で出た……
（『カイジ』１、第９話）

『カイジ』などの福本作品では、このように挫折の具体的な経験をサンプルにして読者に提供するような描写が、たびたびみられる。これは現実味があって、読んでいて共感しやすい。冒頭で漠然とした閉塞感の中にいたカイジは、この絶体絶命の状況下で、人任せではダメだという決意に達して、生き残るために知恵を絞る。

他人なんか関係《カンケー》ねえんだよ……！（中略）耳を傾けるべきは他人の御託じゃなくて／自分……オレ自身の声／信じるべきはオレの力……！（中略）沸騰点／水は１００度で水蒸気に／液体から気体へその形容を変える／そんな変わり目を／カイジは今自分の身の内に感じていた

（『カイジ』3、第28話）

現実のギャンブル自体はそれにはまると射幸心を煽られて道を踏み外すことの多い、悪い意味で自己愛的で破滅的なものである。それを美化しているのは自己愛的な否認なのかもしれないが、この引用で水が液体から気体に変わるというメタファーで語られているカイジの変化は、前章でみた『月の影　影の海』の陽子の「独りの自覚」とよく似ている。カイジはこれまで見ようとしなかった自分の弱さに気がつき、苦しくても自分で決めて行動しようとする。このようなところから、現代の空虚感や閉塞感は越えられていくのだろう。

次に、死の恐怖に向き合うというテーマをみてみよう。

死の恐怖と向き合う

『カイジ』や『アカギ』では、しばしば死と境を接した状況が描かれる。これもナルシシズムと無関係ではない。なぜなら、いわゆる自己愛的な人間がもっとも恐れる喪失は、愛する自分が失われる「死」だからである。小此木啓吾は次のように述べている。

自己愛人間は、自分にとって苦痛なこと、つらいことを否認して排除して暮らそうとしますが、肉体的な損傷と喪失――つまり老化から死にいたる不幸にはどうしても直面しなくてはなりません。

（『自己愛人間』一九〇頁）

福本作品では、死への恐怖を乗り越えることができた方が勝利するという展開が多い。その典型が『アカギ』の主人公である赤木しげる（以下アカギ）である。彼は「神域」と呼ばれるほど、神がかった麻雀の打ち手である。

アカギには自分の生死を含めてものごとにこだわらない虚無的なところがある。これは仏教でいう「空」や「虚無」などの、日本をはじめ東洋の文化やものの考え方に深く関わっている観念に通じるところがある。現代のマンガなどでも、ルールや決まりごとにとらわれない洒脱さをもつ、粋で侠気《おとこぎ》のあるキャラクターが人気だが、アカギにもそうした雰囲気が感じられる。

アカギの麻雀の神がかり的強さを利用して金儲けを企んだり、風貌がよく似ていることから偽アカギとして裏社会で成功しようと考えたりする人物たちは、アカギからみると「凡夫《ぼんぷ》」である。そうした人々とは、この「空」の自覚という点で一線を画する存在が、アカギなのである。アカギは社会やそこで幅をきかす論理や常識を「理」と呼んで軽蔑する。アカギの魅力は、そうしたものに背を向けた、瞬間的な生の実感の探求というブレない生き方にあり、世間を知っていることで世間に縛られる人々の「(合)理」を脱するところにある。

アカギの強さの秘密は、自分だけでなく相手の心の底にある「空虚」を把握して操るところにある。ある麻雀の勝負でアカギは最後に残った自分の牌を伏せ、相手が手持ちの十四牌から必ず同じものを選んで振り込むと予言して、実際その通りになる。理由を説明するよう求める周囲に、アカギは次のように語る。

麻雀に勝つにはその男の根っこ／「潜在意識」や「イド」とすりあうようにある／人間の最も原始的な思考の流れを／見定めなきゃいけない……

（『アカギ』6、第48話）

イドとはエスとも呼ばれる、フロイトの無意識モデルの本能的部分である。アカギは無意識的オートマティズムもその戦略に組み込んで、麻雀を打つのである。アカギに「イド」を操られた相手は、「心中の奥深くから／脂汗を誘う／息苦しい感情」、「恐怖……！」（『アカギ』6、第49話）が湧き上がり、最後にはアカギが望む牌を選ばされてしまう。

しかし一方、アカギの虚無感の裏にある全能感は、それによって「空虚」を自らの内に保持しているというよりも、迫害的と感じられる周囲に対する防衛のようにもみえる。

アカギが最初に麻雀を知ったのは、不良少年同士の「チキンラン」、つまり崖に向けてギリギリまで車を走らせる競争で海に落ちた後、逃げ込んだ雀荘でのことだった。アカギは中途半端にスピードを落とさずにそのまま崖から飛び出したため、無傷だったのである。その「ブレーキを踏まない心」（『アカギ』2、第13話）がアカギの象徴である。雀荘で自分の命を担保にした麻雀に負けそうになり安全策を取ろうとする南郷に、十三歳のアカギは「死ねば助かるのに……」（『アカギ』1、第1話）と言う。勝負において、アカギはしばしば確信犯的に死に突進していくような行動を取り、そのことが「理」に縛られた対戦相手を混乱させ、アカギを勝利に導く。

アカギが壮年の天才雀士として最初に登場した『天――天和通りの快男児』という作品では、物語の最後にアカギの死のエピソードが描かれている。アルツハイマー型認知症で「自分」という意識が失われつつあると知ったアカギは、最後まで自分自身として生を全うするために、自らの意思で薬物を注入して尊厳死を選ぶ。

多分……／人間は死んで完成する……！／俺はもう……／俺自身ですらなくていいんだ……！
／離れる……！／俺は……俺から……！

（『天』18、第百六十三話）

ギャンブルというより人生における悟達の境地のような表現である。死を前にして微塵も動揺しないこうした天性と、神域と表現される実力に裏打ちされた全能感によって、「空虚」を完全に保持している存在がアカギである。これは現実の人間ではあり得ないが、一つの理想像として魅力を放っている。

「悪い」父親的キャラクターとしての利根川

ナルシシズムはクリステヴァによると「想像的な父親」の同一化であり、母親的な「抱えること」だけでなく、父性への渇望とも関わる。福本作品のナルシシズムは、登場人物が父親的なものを求めるという形でも表れている。

『カイジ』ではカイジに共感してくれる優しい中年男性の石田さんというキャラクターがいる。アカギにしても最初に描かれた『天』では壮年の天才として登場し、主人公の天や若いひろゆきというキャラクターにとっての父性を備えた自我理想的存在となっている。ただし、必ずしもこうした好感のもてるキャラクターだけではなく、冷酷な敵の中にもその「悪」が逆に人を引きつけるキャラクターもいる。いわば「悪い」父親だが、福本作品では単に主人公を脅《おびや》かすだけでなく、ある種の魅力をもった存在として描かれることが多い。

福本作品の権力側のキャラクターにみられる、冷酷で人を信じない、非共感的で他者を道具視するといった特徴は、作者の自我の一面としてのリアリティがあると感じられる。そのような迫害的な特徴をもった対象を作者自身が心に取り込んでおり、それに対して愛憎の混じった感情をもっていることが、『カイジ』の権力側の一人である利根川の描写に出ている。

利根川が最初に現れるのは、ギャンブル船エスポワールのホールマスターとしてである。一見すると壮年の穏やかなエグゼクティブ風の彼は、負けた時の処遇について参加者から質問が出ると、「ぶち殺すぞ……ゴミめら……！」と豹変して自らの処世哲学を語る。

利根川によれば、質問すれば答えが得られると思うのは、間違いである。住専問題における大蔵省や銀行にしろ、薬害問題における厚生省にしろ、誰も肝心なことに答えてはいない、それが大人の世界では当然なのだ、と政治的問題を取り上げながら彼は述べる。

おまえたちは皆……大きく見誤っている……この世の実態が見えていない／まるで3歳か4歳の幼児のように／この世を自分中心……／求めれば……周りが右往左往して世話を焼いてくれる／そんなふうに／まだ考えてやがるんだ／臆面もなく……！

（『カイジ』1、第6話）

ここで幼児のたとえが出ていることは興味深い。作者は自己愛的な人物の自己中心性を三歳ぐらいの幼児の全能感につなげており、その心理的特性を直観的に正確に理解していることがわかる。

利根川の処世哲学は、「勝たなきゃダメなんだ……！」（『カイジ』1、第6話）というものである。これは前章でみた『ねじまき鳥クロニクル』のノボルの父親と同じで、彼の価値観には歪みがあるが、きれい事ではすまない現実社会を本音で語っているともいえる。実際の権力者は、利根川のようにストレートな本音を決して言わないだろう。

利根川は後にカイジと直接ギャンブル対決をして負けた時に、より上位の権力者に罰せられ失脚するが、その時も過酷な拷問を耐え抜く根性を見せる。彼は迫害的な悪であると同時に、精神的な強さと一種の真実を備えたキャラクターである。他の福本作品でも同様のキャラクターが肯定的に描かれていることとあわせて考えると、利根川は愛憎をともに感じさせる両義性を備えた、「悪い」父親的キャラクターである。負の自我理想とでもいうべきか。福本伸行自身が描いてはいないものの、利根川を主人公にしたスピンオフ作品『中間管理録トネガワ』まで出版されるほど、人気があるのもうなずける。

このように福本作品は、ナルシシズムという観点からみて理解できる、様々な特徴を備えているのである。

（2）『魔法少女まどか☆マギカ』

ソウルジェムとグリーフシード

大きな話題となったテレビアニメ『魔法少女まどか☆マギカ』（二〇一一年放送。以下『まどか☆マギカ』）は、魔法少女ものというジャンルの外観を借りて、心の闇をシュールに描く作品である。魔女と戦う使命に隠された残酷な真実に直面した、彼女たちの心理がテーマである。

戦闘場面で魔女の登場する異空間のデザインは、劇団イヌカレーというシュルレアリスムの影響を感じさせる作風のアニメーション作家ユニットが担当している。ワルプルギスの夜と呼ばれる最強の魔女のデザインも、光輪を背景にして回転する巨大な歯車に青いドレスの女が付いた、オブジェのような姿である。

このアニメには、ソウルジェムとグリーフシードという興味深いオブジェも登場する。魔法少女は自分の魂をソウルジェムという宝石に変えて身につけているのだが、魔力を使うことでソウルジェムに「穢れ」がたまる。たまりすぎると魔法少女は魔女になってしまうが、倒した魔女から得られるグリーフシードというオブジェにソウルジェムを付けると、その「穢れ」を吸い取ってくれる。

このソウルジェムとグリーフシードというオブジェの設定は、対象関係論で「投影同一化」といわれているものを連想させる。投影同一化とは、幼児が心に保持できない「悪い」部分を、母親などの周囲にいる人の「中に」投げ込むという空想である。魔法少女の魂にたまった「悪い」ものがグリーフシードに吸収されるところが、投影同一化と似ている。

投影同一化の場合は、「悪い」ものを投げ込まれた側がそれを「良い」ものに変えて幼児に戻す。例えばむずかる赤ん坊をあやしてなだめる行為などが、幼児の主観からみるとこのような空想になると精神分析では考えるのである。グリーフシードの場合は、単に「穢れ」をため込むだけで、一杯になったらもう使えないという点が、人間の心とは違っている。しかし、心の穢れを吸い取ってくれるアイテムという設定は、投影同一化というプロセスに通じるものである。

ほむらとまどか

『まどか☆マギカ』には魔法少女以外にも登場人物は出てくるが、基本は主要な五人の魔法少女と敵の魔女たち、そして契約にもとづいて魔法少女に変える力をもつキュゥべえというマスコット的キャラクター（実は一種の敵）だけが登場する限定された世界である。時間的にも暁美《あけみ》ほむらが退院してからワルプルギスの夜との戦いまでの一ヶ月間がループする閉鎖性が、現代社会の閉塞感とマッチしている。

この閉塞的状況のもたらす空虚感は、分離不安的である。なぜなら物語の中心が、鹿目《かなめ》まどかを失うことへのほむらの不安とそこからくる激しい攻撃性であるからだ。

もともとほむらは病弱で、退院してまどかの中学に通うようになってからも、何もできない自分に落ち込んでいた。その心の隙を魔女に狙われたところを、すでに魔法少女だったまどかに助けられ、ほむらはまどかに憧れて友人になった。おとなしいほむらにとって、まどかは幼児にとっての母親のような愛着を感じる、強くて頼りになる存在だったのである。

だからワルプルギスの夜と戦ってまどかが殺された時、それはほむらには幼児にとっての「母親からの分離」のような愛着対象の喪失と感じられたのだろう。パニックに陥ったほむらは、キュゥべえと契約して魔法少女になる。魔法少女の契約時には願いを言うのだが、ほむらの願いは「鹿目さんとの出会いを、やり直したい。彼女に守られる私じゃなくて彼女を守る私になりたい」(『まどか☆マギカ』第10話)というものだったので、その能力は時間操作の魔法となり、まどかと出会う前のもうすぐ退院する病院のベッドの上に戻る。

近年のアニメやマンガなどでは、「タイムリープ」や「ループもの」などといわれる、時間をさかのぼって何度も同じ場面を繰り返す設定が多くみられるが、ほむらの場合もこれに当たる。『まどか☆マギカ』はほむらが何度も同じ時点まで時間をさかのぼって、喪失した母親的対象であるまどかを「修復」しようとする物語である。

しかし、ワルプルギスの夜は強力で、さらにキュゥべえが実は魔法少女が魔女になる時のエネルギーを利用するために来た、インキュベーターというエイリアンの端末(一匹が死んでもすぐ代わりが現れる)だったとわかり、まどかを救うというほむらの目的は困難なものとなる。メガネをかけた自信のない少女だったほむらは、目的のために容赦なくキュゥべえや魔女を殺していく、クールな全能感にあふれた魔法少女になっていくが、それは精神的には荒んでいくことでもあった。キュゥべえの正体を仲間が信じないことなどに疲れたほむらは、孤独と絶望の中で一人でまどかを守るために戦うことを決意する。次のような力強いセリフが、ほむらの口から次々と出るようになる。

誰も、未来を信じない……誰も未来を受け止められない。（中略）もう誰にも頼らない。誰に分かってもらう必要もない。

（『まどか☆マギカ』第10話）

まどか……たった一人の、私の友達。（中略）あなたの……あなたのためなら、私は永遠の迷路に閉じ込められても、構わない。

（『まどか☆マギカ』第10話）

これは前章でみた『月の影　影の海』と比べると、自分を赤い獣とみなして攻撃的になった頃の陽子に似ている。

守る・救う・失う

まどかを救うとは、まどかが魔法少女にならないようにキュゥべえから遠ざけ、まどか抜きでワルプルギスの夜を倒すことである。

自分が未来から来たとほむらがまどかに打ち明ける場面は、印象的である。

何度も何度も、まどかと出会って、それと同じ回数だけ、あなたが死ぬのを見てきたの。（中略）繰り返せば繰り返すほど、あなたと私が過ごした時間はずれていく。気持ちもずれて、言葉も通じなくなっていく。（中略）あなたを救う……それが私の最初の気持ち……今となっては、たったひとつだけ最後に残った、道しるべ。（『まどか☆マギカ』第11話）

まどかにとっては一ヶ月ほどだが、ほむらにとっては何年にも渡る努力と失敗の連続だった。まどかはほむらにとっての愛着対象であるが、同時に決して理解し合えないという「分離」を含む関係なのである。特に「それと同じ回数だけ、あなたが死ぬのを見てきた」という繰り返し味わった喪失感の述懐は、残酷で胸にしみる。見る者もそれぞれ心のどこかにもっている分離の傷が、アニメの視覚的表現や声優の声の演技の作用で、ほむらの体験にオートマティズム的にシンクロしていくのである。

ほむらは何度も時間を巻き戻して対策を練り直すことで、ワルプルギスの夜にまどかが殺される運命を越えようとしてきたが、物語の終盤に結局今回もワルプルギスの夜に敗れ、絶望したほむらのソウルジェムの「穢れ」が限界に達しかける。その時、まどかは、自分も魔法少女になるとほむらに告げる。

わたし、やっと分かったの。叶えたい願いを見つけたの。だからそのためにこの命を使うね（中略）これまでずっと、ずっとずっとほむらちゃんに守られて、望まれてきたから、いまのわたしが在るんだと思う。（中略）信じて。絶対に、今日までのほむらちゃんを無駄にしたりしないから。

（『まどか☆マギカ』第12話）

まどかの魔法少女になる契約の願いは、「わたし……すべての魔女を、産まれる前に消し去りたい。すべての宇宙、過去と未来のすべての魔女を、この手で」というものだった。ほむらが時間操作を繰り返したことで、まどかには大量の「因果」が集まった結果、魔法少女としての容量も未曽有のものとなっていたので、この神にしか可能でないような願いも可能となった。

希望を信じた魔法少女をわたしは泣かせたくない。最後まで笑顔でいてほしい。それを邪魔するルールなんて、壊してみせる、変えてみせる！　これがわたしの祈り……私の願い……
（『まどか☆マギカ』第12話）

これまでほむらに守られる一方だったまどかは、最後にこうした力強い言葉で願いを語る。これはまどかを守ろうとして絶望にとらわれていったほむらの心も含めて、すべての魔法少女の「空虚」を母親のように「抱える」言葉である。このカタルシスは強烈であり、この作品の人気の理由の一つだろう。

契約は成立し、魔法少女に変身したまどかの放つ無数の矢が、「すべての宇宙、過去と未来のすべての」魔法少女のところにまどかの姿を届ける。ワルプルギスの夜も、倒すというより浄化されるようにして消える。こうしてすべての魔法少女は救われ、まどか自身が変化した地球全体を覆う凶悪な「巨大宇宙魔女」も、「ハイパーアルティメットまどか」という弓をもった白い服の女神の姿になったまどかが消し去る。(6) その後、「ルールなんて、壊してみせる、変えてみせる！」というまどかの言葉通り、ルールが新しく変わった新しい宇宙が誕生し、そこでまどかは「円環の理《ことわり》」という抽象的な神のような存在になる。ほむらは新しい宇宙で唯一まどかの記憶をもつ存在となり、新しい宇宙に生まれた「魔獣」相手に魔法少女として戦い続けるという結末になる。

最終話である第12話のエンドロール後のエピローグで、荒野で魔獣の群れに立ち向かうほむらの短いエピソードが描かれる。浄化しきれないソウルジェムの「穢れ」がたまって疲労の色が濃い様子のほむらに、まどかの声が「がんばって」とささやき、微笑んだほむらが魔獣の群れに向かって跳躍するところでこのエピソードは終わる。おそらくこの後、ほむらのソウルジェムは消失し、「円環の理」に導かれたほむらの魂はまどかに再会するのだろう。

新しい宇宙にはまどかはいないが、ほむらは分離を含んで「抱えて」くれる本来のナルシシズム的存在として、「円環の理」であるまどかを身近に感じつつ最後まで戦い続けることができた。『まどか☆マギカ』では閉塞状況の打破が、このように本来の意味でのナルシシズムに沿った形で、壮大に表現されているのである。

この章で論じてきたように、アニメやマンガなどの現代のサブカルチャーには、分離の傷の「修復」という本来のナルシシズム成立と重なるようなイメージ体験を、見る者の心に生み出す力がある。特にアニメは、「動き」によって視聴者の心に無意識的オートマティズムを触発する。

宮崎アニメは、新しい社会や自立に向かって成長する思春期の少年少女を描いている。そこには「飛ぶこと」というナルシシズムの表現や、明確な社会的理想につながる自我理想の表現がみられる。

現代の『化物語』のような作品は、そうした理想から一歩引いた村上春樹のスタイルの延長に、管理された学校生活と対比される仲間たちとの非日常を描いている。春樹的な「不在」の表現も使って現代の閉塞感を描くが、宮崎アニメの「飛ぶこと」のように、落ちてくる少女を受け止めるというナルシシズム的表現もみられる。

村上春樹には、無意識のオートマティズムまで視野に入れた新たな自我理想への志向がみられるが、現代のサブカルチャーには、「ループもの」にみられるような閉塞感の方が目立っている。しかし、福本伸行のギャンブル漫画や『まどか☆マギカ』のように、喪失や死と向き合うことで閉塞感を打ち破るという、本来のナルシシズムに相当する表現もみられる。

この章で取り上げてきた現代のサブカルチャーは、このように新たな自我理想の萌芽となるナルシシズムを、様々な形で見る者に体感させてくれるものなのである。

注

第1章

(1) 「愛のアブジェ」は一九八二年に『テル・ケル』誌に載ったもので、一九八三年の『愛の歴史=物語《イストワール》』第I部「フロイトと愛——治療とその不満」はそれに大幅に加筆したものである。イストワール（histoire）はフランス語で「歴史」と「物語」の両方を表す言葉である。なお、この本で『愛の歴史=物語《イストワール》』を参照・引用する際は、英訳の*Tales of Love*を使用する。

(2) 「自我とエス」の翻訳は、わかりやすさの点からちくま学芸文庫の中村元訳『自我論集』所収のものを使用した。

(3) 「想像的な父親」という用語自体はラカン派にもみられるが、クリステヴァは全く別の内容を含ませて使っている。

(4) Dylan Evans, *An Introductory Dictionary of Lacanian Psychoanalysis* の“phallus”の項目を参照した。

(5) 「アブジェ」“abjet”は、クリステヴァが『恐怖の権力』（一九八〇年）で使った「アブジェクト」“abject”から“c”を取って、“objet”（対象）や“rejet”（拒絶）と揃えた造語である。「愛のアブジェ」や『愛の歴史=物語《イストワール》』などで、クリステヴァはアブジェとアブジェクトを区別せずに使っている。

(6) クライン派では幼児の空想に現れる快不快の表現を、「良い」、「悪い」のように、括弧つき（英語では引用符）で示すことがある。

（7） 以下の *Tales of Love* の該当箇所から和訳した。

If narcissism is a defence against the emptiness of separation, then the whole contrivance of imagery, representations, identifications and projections that accompany it on the way toward strengthening the Ego and the Subject is a means of exorcising that emptiness. (…) The emptiness it opens up is nevertheless also the barely covered abyss where our identities, images, and words run the risk of being engulfed.

（8） Julia Kristeva, Philippe Sollers, *Marriage as a Fine Art*, p.2 参照。クリステヴァは精神分析家として、幼児の心にとって、父親と母親の両者のイメージが必要だが、エディプス的な父親ではなく優しい父親（caring father）、つまり「想像的な父親」が重要だと語っている。

（9） クリステヴァは『黒い太陽』で「美は喪失のもつみごとな顔貌として姿をあらわし、喪失を生かしめるために喪失を変身させるのだ。」（『黒い太陽』一二一頁）と書いている。これはクライン派のドナルド・メルツァーの「美的対象」理論に近い（拙論「村上春樹『ダンス・ダンス・ダンス』における「美的対象」の回復」参照）。

（10） クライン派では「母親からの分離」を受け入れて喪失に取り組む心の状態である「抑うつポジション」において、幼児は攻撃していた「悪い」母親が「良い」母親と同じだと気づき、傷つけて破壊した相手を修復し復元しようとすると考えられている。これを“reparation”と呼び、「償い」と訳すのが慣例になっているが、「償い」と「修復」の両方を意味する英語の“reparation”と異なり、日本語の「償い」という言葉には一般に「修復」という意味は含まれていないので、この本では「修復」という言葉を使用する。修復されるのは傷ついた母親的対象であるとともに、母子一体の錯覚を喪失した自らの分離の傷でもある。

第2章

（1）ケリー・オリバーは *The Portable Kristeva* 第3部の解説で「愛の苦悶——メタファーの領域」に触れている。それによれば「想像的な父親」との同一化がそうであるような「メタファー的転移同一化」（metaphorical transference identification）が、「語る存在」としての人間の基盤であるというのがクリステヴァの考えである（*The Portable Kristeva*, p.134）。

（2）以下の *Tales of Love* の該当箇所から和訳した。

From now on amatory styles will be spread out before us like different historical embodiments of the metaphoricalness that is essential to loving states; like stylistic variants of the *cure*, another name for *life* (...)

（3）ラカンは臨床で起こる転移をフロイトに倣って抵抗と考えており、乗り越えられるべきもの、父性隠喩である「父の名=禁止《ノン》」に置き換えられるべきものとみなすが、クリステヴァの一次ナルシシズム論は、ラカン理論をベースに使いながらも、この点に大きな違いがある。「愛の苦悶——メタファーの領域」で、クリステヴァは、心理臨床における転移と逆転移のような分析家と非分析者の間の一種の愛憎関係を、愛のメタファー性（metaphoricalness）の一つとして、肯定的にとらえている。それは抵抗として単に無効化されるべきものではなく、「愛する父親」である「想像的な父親」と結びついて心の安定の基盤となるべきものなのである。

（4）ナルシシズムによるこうしたメタファー的結合は、対象関係論でいうと非言語的なものから言語的なものに至る象徴形成の重要な鎖の輪ということになる。対象関係論における象徴という用語については、拙著『幻滅からの創造』参照。

（5）ただし、一九七七年の『ポリローグ』の段階では、「ほどよい母親」という分離の要素は「一次ナルシシズムを断ち切るため」（『ポリローグ』三五五頁）のものと書かれているので、一次ナルシシズムと分離とは別のものと考えられている。八〇年代のクリステヴァのナルシシズム論で「想像的な父親」が新たに導入されたことにより、一次ナルシシズム自体が本文中に引用した「母の機能のうちでもたぶん父的機能に属するもの」、「［母親の］現前そのもののなかにコード化される不在あるいは拒否」（［　］内引用者）といった分離の要素を含むという論点が加わったのである。

（6）一方、クリステヴァ自身が一次ナルシシズムの言語的表現と考えるのは、意味内容よりもリズムや語感に重点を置いた、例えば幼児語の「うまうま」のような表現で、そうしたものがジェイムズ・ジョイスなどの二十世紀の前衛芸術にみられるとした。あるいは、愛の言語としての「うわごと」もまた一次ナルシシズムの表現であるという。西川直子は『愛の歴史＝物語《イストワール》』について、次のように述べている。

> 愛は語らぬ者に言語活動を開始させ、語る者を誕生させる。しかしうわごと——幼児言語、詩的言語——を語らせるのである。（中略）うわごとをいう愛のディスクールとは、欲動によって主体と意味の自己同一性が崩壊・発生・更新のただなかに投げ込まれている言語、つまりは詩的言語の別名である。そして、詩的言語とは本質的に〈隠喩〉であるとクリステヴァはいう。

（『クリステヴァ』二九四‐二九五頁）このようにクリステヴァは一次ナルシシズムの言語的表現を、「詩的言語」、つまり彼女の研究テーマである言語の文学的な使用法全般にまで及ぶ「愛＝メタファー」として極めて広範にとらえている。

（7）村上春樹の比喩を集めた『村上春樹　読める比喩事典』で、芳川泰久は作中の反復をフロイトの有名な「いないいないばあ」（Fort-Da）の糸巻き遊びと比較して、「不在と消滅の語り」が「母親の消滅と再来」に対応しているかもしれないと指摘している。同書では集められた比喩と「母親の消滅と再来」を具体的に結びつけて考えてはいないが、『村上春樹とフィクショナルなもの』では、芳川は『海辺のカフカ』以降のいくつかの小説の表現を取り上げて、「失踪した主人公の母親がメタファー関係を結んだ佐伯さんとして姿を見せるように、消滅状態にあった糸巻きを再出現させることが、メタファー関係をもとに、幼児の母親の再出現（不在の解消）への働きかけになっている」（六八頁）というように、喪失した母親を取り戻したいという幼児の願望を、メタファーと直接結びつけて論じている。

第3章

（1）ジャン・エイブラム『ウィニコット用語辞典』の一七七‐一九〇頁に「偽りの自己」の説明と関係論文の記載がある。また、ウィニコット『小児医学から精神分析へ』二六七‐二六九頁の説明や図がわかりやすい。

（2）拙著『幻滅からの創造』四九‐五〇頁参照。

第4章

（1）　私はこの本で自我理想を超自我と区別して使っているが、フロイトはあまり区別していないのは第1章で述べた通りである。フロイトの自我理想概念の変遷ついては、松山あゆみ「自我理想の起源」に詳しく整理されている。

（2）　演出・絵コンテ担当だが、他に監督はいないので、初監督作品とされている。宮崎駿が大学卒業後東映動画に入社して初参加した『わんわん忠臣蔵』（一九六三年）から原画や演出などの十五年のキャリアを積み、満を持しての作品であり、その後の宮崎アニメの特徴が詰め込まれている（『宮崎駿監督作品集』付録冊子作品年表参照）。

（3）　M-L・フォン・フランツ『永遠の少年——『星の王子さま』の深層』参照。

（4）　野村幸一郎編『宮崎駿が描いた少女たち』一五頁でも、野村幸一郎はこのウシアブのシーンについて、ナウシカの母性を示すエピソードとして触れている。

（5）　宮崎駿『風の谷のナウシカ』1、一一二頁参照。

（6）　「巨大宇宙魔女」、「ハイパーアルティメットまどか」という用語は虚淵玄のシナリオを書籍化した『魔法少女まどか☆マギカ　The Beginning Story』一六四頁に従った。

参考資料表（引用の出典含む）

文献

伊藤計劃『ハーモニー』ハヤカワ文庫、二〇一四年（新版）。（単行本は二〇〇八年）
ウィニコット、D・W「一人でいられる能力」『情緒発達の精神分析理論』牛島定信訳、現代精神分析双書、第Ⅱ期第2巻、岩崎学術出版社、一九七七年、二一-三一頁。
――『小児医学から精神分析へ――ウィニコット臨床論文集』北山修監訳、岩崎学術出版社、二〇〇五年。
『ウィニコット用語辞典』ジャン・エイブラム著、館直彦監訳、誠信書房、二〇〇六年。
小此木啓吾『自己愛人間――現代ナルシシズム論』ちくま学芸文庫、一九九二年。（単行本は朝日出版社から一九八一年）
小此木啓吾、北山修他編『精神分析事典』岩崎学術出版社、二〇〇二年。
小野不由美『屍鬼』上・下、新潮社、一九九八年。
――『月の影　影の海』上・下、新潮文庫、二〇一二年。（講談社X文庫white heart版は一九九二年）
――『魔性の子』新潮文庫、二〇一二年。（新潮文庫ファンタジーノベル・シリーズ版は一九九一年）
カーンバーグ、オットー・F『内的世界と外的現実――対象関係論の応用』山口泰司監訳、阿部文彦他訳、文化書房博文社、二〇〇二年。

クリステヴァ、ジュリア『恐怖の権力――〈アブジェクシオン〉試論』枝川昌雄訳、叢書ウニベルシタス137、法政大学出版局、一九八四年。

――『初めに愛があった――精神分析と信仰』枝川昌雄訳、叢書ウニベルシタス215、法政大学出版局、一九八七年。

――「愛のアブジェ」『女の時間』棚沢直子・天野千穂子編訳、勁草書房、一九九一年、一五三―一九一頁。

――『黒い太陽――抑鬱とメランコリー』西川直子訳、せりか書房、一九九四年。

――『ポリローグ』西川直子他訳、白水社、一九九九年。

ケイ、アレグザンダー『残された人びと』内田庶訳、岩崎書店、一九七四年。

コフート、ハインツ『自己の分析』水野信義・笠原嘉監訳、近藤三男他訳、みすず書房、一九九四年。

――『自己の修復』本城秀次・笠原嘉監訳、本城美恵他訳、みすず書房、一九九五年。

――『自己の治癒』本城秀次・笠原嘉監訳、緒賀聡他訳、みすず書房、一九九五年。

志水義夫『魔法少女まどか☆マギカ講義録――メディア文藝への招待』新典社新書71、二〇一七年。

田中雅史『幻滅からの創造――現代文学と〈母親〉からの分離』新曜社、二〇一三年。

――「村上春樹『ダンス・ダンス・ダンス』における「美的対象」の回復――ドナルド・メルツァーの「美的対象」および「閉所」理論の文学研究への応用」『甲南大學紀要　文学編』167、二〇一七年、三一―一三頁。

谷川流『涼宮ハルヒの憂鬱』スニーカー文庫、二〇〇三年。

梨木香歩『西の魔女が死んだ』新潮文庫、二〇〇一年。（単行本は楡書房から一九九四年）

――『裏庭』新潮文庫、二〇〇一年。（単行本は理論社から一九九六年）

――『ぐるりのこと』新潮文庫、二〇〇七年。（単行本は二〇〇四年）

――『沼地のある森を抜けて』新潮文庫、二〇〇八年。（単行本は二〇〇五年）

西尾維新『化物語』上、講談社BOX、二〇〇六年。

西川直子『クリステヴァ――ポリロゴス』現代思想の冒険者たち30、講談社、一九九九年。

野村幸一郎編『宮崎駿が描いた少女たち』新典社選書88、二〇一八年。

ビオン、ウィルフレッド『精神分析の方法Ⅰ〈セブン・サーヴァンツ〉』福本修訳、りぶらりあ選書、法政大学出版局、一九九九年。

福本修「封印されていた災厄の記憶――『国境の南、太陽の西』を読む」『群像日本の作家26　村上春樹』小学館、一九九七年、二三三―二三九頁。

福本伸行『アカギ――闇に降り立った天才』1〜6巻、竹書房、一九九二―一九九六年。

――『賭博黙示録カイジ』1〜13巻、講談社、一九九六―一九九九年。

――『天――天和通りの快男児』16〜18巻、竹書房、二〇〇〇―二〇〇二年。

フォン・フランツ、M-L『永遠の少年――『星の王子さま』の深層』松代洋一・椎名恵子訳、紀伊國屋書店、一九八二年。

フロイト、S「自我とエス」『自我論集』中村元訳、ちくま学芸文庫、一九九六年、二〇一―二七二頁。

ブロンスタイン、カタリーナ編『現代クライン派入門――基本概念の臨床的理解』福本修・平井正三他訳、岩崎学術出版社、二〇〇五年。

松山あゆみ「自我理想の起源――フロイトにおけるメランコリーと同一化の問題」『文明構造論：京都大

学大学院人間・環境学研究科現代文明論講座　文明構造論分野論集』7、二〇一一年、四五-六二頁。（京都大学学術情報リポジトリより閲覧）

ニュータイプ編『魔法少女まどか☆マギカ　The Beginning Story』原作 Magica Quartet、シナリオ虚淵玄、角川書店、二〇一一年。

三浦雅士「村上春樹とこの時代の倫理」『群像日本の作家26　村上春樹』小学館、一九九七年、三〇-四六頁。

宮崎駿『風の谷のナウシカ』1、アニメージュ・コミックス・ワイド判、徳間書店、一九八三年。

宮部みゆき『ブレイブ・ストーリー』下、角川文庫、二〇二一年（改版）。（単行本は二〇〇三年）

村上春樹『ダンス・ダンス・ダンス』上・下、講談社、一九八八年。

――『海辺のカフカ』上・下、新潮社、二〇〇二年。

――『世界の終りとハードボイルド・ワンダーランド』新潮社、二〇〇五年（一九九九年の新装版の改装版）。

――「象の消滅」『パン屋再襲撃』文春文庫、二〇一一年（新装版）、三九-七三頁。

――『騎士団長殺し』第1部　顕れるイデア編／第2部　遷ろうメタファー編、新潮社、二〇一七年（第1部、第2部それぞれ一冊）。

『村上春樹全作品1979～1989』全8巻、講談社、一九九〇-一九九一年。
③「踊る小人」
⑧「双子と沈んだ大陸」
『村上春樹全作品1990～2000』全7巻、講談社、二〇〇二-二〇〇三年。

②『国境の南、太陽の西』／『スプートニクの恋人』
④『ねじまき鳥クロニクル』第1部、第2部
⑤『ねじまき鳥クロニクル』第3部
⑦『村上春樹、河合隼雄に会いにいく』
『ユリイカ〈特集　福本伸行〉』二〇〇九年一〇月号、青土社。
『ユリイカ〈特集　魔法少女まどか☆マギカ〉』二〇一一年一一月臨時増刊号、青土社。
芳川泰久『村上春樹とフィクショナルなもの——「地下鉄サリン事件」以降のメタファー物語論』幻戯書房、二〇二二年。
芳川泰久、西脇雅彦『村上春樹　読める比喩事典』ミネルヴァ書房、二〇一三年。
ラヴクラフト、H・P「未知なるカダスを夢に求めて」『ラヴクラフト全集』6、大瀧啓裕訳、創元推理文庫、一九八九年、一六九-三三〇頁。
ル=グウィン、アーシュラ・K『影との戦い——ゲド戦記1』清水真砂子訳、岩波少年文庫、二〇〇九年（新版）。（旧版は一九七六年）
Evans, Dylan. *An Introductory Dictionary of Lacanian Psychoanalysis.* London: Routledge, 1996.
Kristeva, Julia. *Pouvoirs de l'horruer: Essai sur l'abjection.* Seuil, 1980.
———. *Histoires d'amour.* Denoël, 1983.
———. *Soleil noir: Depression et melancolie.* Gallimard, 1987.
———. *Tales of Love.* trans. Leon S. Roudiez. European Perspectives. NY: Columbia UP, 1987.
Kristeva, Julia, and Philippe Sollers. *Marriage as a Fine Art.* trans. Lorna Scott Fox. NY: Columbia UP,

2016.
Oliver, Kelly. ed. *The Portable Kristeva.* European Perspectives. NY: Columbia UP, 2002（updated ed.）.

映像メディア

『化物語』コンプリートDVD-Box（フランス語版）。

『魔法少女まどか☆マギカ』Blu-ray全6巻、Aniplex、二〇一一年。DVD版も併用。

『未来少年コナン』DVD全7巻、バンダイビジュアル、二〇〇一年。

『宮崎駿監督作品集』DVD、ウォルト・ディズニー・スタジオ・ジャパン、二〇一四年。

初　出

本書の各章は、左記の論文を元に大幅に書き改めたものである。

（第1章の原題）「ナルシシズムの「空虚」と文学――ジュリア・クリステヴァの一次同一化論とそのＳＦ・ホラー・ミステリーなどを含む文学研究への応用について」（『甲南大學紀要　文学編』169、二〇一九年）九‐一七頁。

（第2章の原題）「村上春樹のナルシシズム＝メタファー」（『甲南大學紀要　文学編』171、二〇二一年）一七‐二七頁。

（第3章の原題）「現代の文学などに見られる擬似ナルシシズム構造体とナルシシズム環境メタファー――蒼猿と十二国、綿谷ノボルと２０８号室、「セカイ」の「空気」、「ぬか床」、ツイン・ピークス町など」（『甲南大學紀要　文学編』172、二〇二二年）一七‐二六頁。

（第4章の原題）「現代日本のアニメ・漫画・小説に見られるナルシシズムと自我理想――宮崎駿・『化物語』・村上春樹・福本伸行・『魔法少女まどか☆マギカ』」（『甲南大學紀要　文学編』170、二〇二〇年）九‐一八頁。

あとがき

ここ数年、様々な作品のナルシシズム的な表現のもつポジティブな面について考えてきた。本文中にも書いたように最も参考になったのはクリステヴァのナルシシズム論だが、もともと子どもの頃からファンタジーやＳＦなどのワクワク感に浸るのが好きで、そうした作品に出てくるイメージについてあれこれ考えてきた延長にこの本があるような気がする。

ファンタジーというと逃避的な空想のように思われがちだが、自分の感覚からは、「現実」というものにこうした体験が無縁だと考えることの方に違和感があった。この本でも取り上げた幼児期についての精神分析理論は、ごく幼い時期のナルシシズムや全能的な空想と地続きのものとして「現実」をとらえていて、私の直感を裏書きしてくれる。ただし、現実の不都合な面から目をそらしていてはダメで、ナルシシズムを一ひねりして喪失・挫折の体験や自身の限界を正面から受け止めることで、はじめてナルシシズム的な空想から現実を生きる力を引き出すことができる。これが、この本で伝えたいことの一つである。

ふだんカウンセリングや精神分析の実践に直接たずさわっていない私にとって、精神分析の学会（日本思春期青年期精神医学会第34回大会）のワークショップ『ナルシシズムを科学する』で講演をし（タイトル「現代アニメなどのナルシシズム空間表現」）、カウンセラーや精神科医の方たちの反応を直接知ることができたのは貴重であった。その経験はこの本にも活かされている。声をかけていただいた大正大学の池田暁史先生に深く感謝したい。

出版にあたっては、新典社編集部の山田宗史氏にたいへんお世話になった。厚くお礼を申し上げたい。

二〇二三年一月

田中　雅史

田中　雅史（たなか　まさし）
1964年6月12日　東京に生まれる
1988年3月　東京大学文学部英語英米文学科卒業
1996年3月　東京大学大学院総合文化研究科博士課程満期退学
専攻（学位）　比較文学（文学修士）
現職　甲南大学文学部日本語日本文学科教授
主著『幻滅からの創造――現代文学と〈母親〉からの分離』
（2013年，新曜社）
論文「内部と外部を重ねる選択――村上春樹『海辺のカフカ』に見られる自己愛的イメージと退行的倫理」（『甲南大學紀要　文学編』143，2006年）
「構成とカタストロフィ――萩原朔太郎『猫町』とポーの「アルンハイムの地所」「ランダーの別荘」に見られるマニエリスム的特徴について」
（『比較文學研究』74，1999年）

ナルシシズムの力《ちから》
―― 村上春樹からまどマギまで ――
新典社選書 117

2023年8月1日　初刷発行

著　者　田中　雅史
発行者　岡元　学実

発行所　株式会社　新典社

〒111-0041　東京都台東区元浅草2-10-11　吉延ビル4F
ＴＥＬ　03-5246-4244　ＦＡＸ　03-5246-4245
振　替　00170-0-26932
検印省略・不許複製
印刷所 惠友印刷㈱　製本所 牧製本印刷㈱

ISBN 978-4-7879-6867-8 C1395
https://shintensha.co.jp/
E-Mail:info@shintensha.co.jp

新典社選書

B6判・並製本・カバー装　　＊10％税込総額表示

- 86 下級貴族たちの王朝時代 ―『新猿楽記』に見るさまざまな生き方― 繁田信一 一六五〇円
- 87 新版 宮崎駿の地平 ―ナウシカからもののけ姫へ― 野村幸一郎 一六五〇円
- 88 宮崎駿が描いた少女たち 野村幸一郎 一八七〇円
- 89 向田邦子文学論 向田邦子研究会 三八五〇円
- 90 歌舞伎を知れば日本がわかる 田口章子 一七六〇円
- 91 明治、このフシギな時代 3 矢内賢二 一五四〇円
- 92 ゆく河の水に流れて ―人と水が織りなす物語― 山岡敬和 二三一〇円
- 93 『源氏物語』忘れ得ぬ初恋と懸隔の恋 ―朝顔の姫君と夕顔の女君― 小澤洋子 一八七〇円
- 94 文体再見 半沢幹一 二二〇〇円
- 95 続・能のうた ―能楽師が読み解く遊楽の物語― 鈴木啓吾 二九七〇円
- 96 入門 平安文学の読み方 保科 恵 一六五〇円
- 97 百人一首を読み直す2 ―言語遊戯に注目して― 吉海直人 二九一五円
- 98 戦場を発見した作家たち ―石川達三から林芙美子へ― 蒲 豊彦 二五八五円
- 99 『建礼門院右京大夫集』の発信と影響 日記文学会中世分科会 二五三〇円
- 100 鳳朗と一茶、その時代 ―近世後期俳諧と地域文化― 金田房子・玉城 司 三〇八〇円
- 101 賀茂保憲女 紫式部の先達 天野紀代子 二二一〇円
- 102 「宇治」豊饒の文学風土 ―成立と展開に迫る決定七稿― 日本文学風土学会 一八四八円
- 103 とびらをあける中国文学 ―日本文化の展望台 高芝・遠藤・山崎・田中・馬場 二五三〇円
- 104 後水尾院時代の和歌 高梨素子 二〇九〇円
- 105 鎌倉武士の和歌 ―雅のシルエットと鮮烈な魂― 菊池威雄 二四二〇円
- 106 古典文学をどう読むのか ―シェイクスピアと源氏物語と― 廣田 收・勝山貴之 二〇九〇円
- 107 東京裁判の思想課題 ―アジアへのまなざし 野村幸一郎 二二〇〇円
- 108 日本の恋歌とクリスマス ―短歌とJ-pop 中村佳文 一八七〇円
- 109 なぜ神楽は応仁の乱を乗り越えられたのか 中本真人 一四八五円
- 110 女性死刑囚の物語 ―明治の毒婦小説と高橋お伝― 板垣俊一 一九八〇円
- 111 古典の本文はなぜ揺らぎうるのか 武井和人 一九八〇円
- 112 『源氏物語』の時間表現 吉海直人 三三〇〇円
- 113 五〇人の作家たち 日本文学って、おもしろい！ 岡山典弘 一九八〇円
- 114 アニメと日本文化 田口章子 二〇九〇円
- 115 円環の文学 ―古典×三島由紀夫を「読む」 伊藤禎子 三七四〇円
- 116 明治・大正の文学教育者 ―黒澤明らが学んだ国語教師たち― 齋藤祐一 二九七〇円
- 117 ナルシシズムの力 ―村上春樹からまどマギまで― 田中雅史 二三一〇円